KB175437

In lichtjaren heeft niemand haast
Marjolijn van Heemstra

우주에서는 서두를 필요가 없다.
─ 우주에서 일상을 바라본다면

마욜린 판 헤임스트라 지음 | 양미래 옮김

2024년 6월 14일 초판 1쇄 발행
2024년 10월 25일 초판 3쇄 발행

펴낸이 한철희 | 펴낸곳 돌베개 | 등록 1979년 8월 25일 제406-2003-000018호
주소 (10881) 경기도 파주시 회동길 77-20 (문발동)
전화 (031) 955-5020 | 팩스 (031) 955-5050
홈페이지 www.dolbegae.co.kr | 전자우편 book@dolbegae.co.kr
블로그 blog.naver.com/imdol79 | 인스타그램 @Dolbegae79 | 페이스북 /dolbegae

기획 김혜영 | 편집 하명성
표지 디자인 김민해 | 본문 디자인 이은정·이연경
마케팅 심찬식·고운성·김영수·한광재 | 제작·관리 윤국중·이수민·한누리
인쇄·제본 영신사

ISBN 979-11-92836-69-0 (03800)

책값은 뒤표지에 있습니다.

우주에서는 서두를 필요가 없다

우주에서
일상을
바라본다면

마욜린 판 헤임스트라 지음

양미래 옮김

돌베
개

예이서와 오토를 위해

차례

에필로그   222

감사의 말   225

참고 자료   228

찾아보기   249

추천사   255

1   조망을 향한 갈망   9

2   우주 비행사의 태도   22

3   치료로서의 지구 관찰   36

4   별 없이 항해하는 우주 여행자   50

5   빛과 밤   57

6   우주론적 인식   72

7   지구의 비밀스러운 호흡   80

8   거리에 대한 응답   91

9   달의 박물관   105

10   화성에서의 일몰   118

11   나를 내보내줘, 스피룰리나   128

12   현재의 중요성은 점점 줄어들고 있다   141

13   손 뻗으면 닿을 듯한 그림자 세계   155

14   드윙글루 은하   162

15   아무 데도 없고, 어딘가에 있고, 모든 곳에 있는   180

16   새롭지만 오래된 세계   192

17   우주에서는 서두를 필요가 없다   204

18   불침번   215

유례없이 무더운 여름이다. 모든 것이 온몸에 찐득찐득 달라붙는 느낌이다. 침대보도, 베갯잇도, 데이비드의 다리도. 핸드폰 화면이 새벽 3시 32분을 알린다. 네 시간 반 동안 한숨도 못 자고 누워만 있었다는 뜻이다. 신기록이다. 최고 속도로 돌아가는 선풍기 날의 리드미컬한 **후쉬 후쉬** 소리를 듣는다. 더위를 식히기에는 역부족이지만 적어도 공기를 순환시키고 집요하게 날아드는 모기의 접근은 막아 준다. 수년 전 약혼한 내 파트너 데이비드는 자는 내내 좀처럼 몸을 가만두지 못하고 뒤척인다. 옆방에 있는 아이들은 자는 내내 땀을 바작바작 흘린다.

우리 집 침실 창문은 물론이고 창밖으로 내다보이는 탁 트인 광장 주변의 모든 집 창문이 열려 있다. 다들 숨이 턱턱 막히는 집에 산들바람 한 점이라도 들이고 싶은 심정인 것이다. 간밤을 지키던 올빼미들은 어느새 잠들었고, 아침을 깨우는 새들은 아직 일어나지 않았다. 이론상 아침이지만 체감상 밤인 애매한 시간이다. 시간과 시간 사이의 시간, 숨과 숨 사이의 침묵.

　몸을 일으켜야 한다. 쉬이 찾아오지 않는 이 귀한 침묵의 시간을 살뜰히 보내야 한다. 이메일에 회신하고, 공과금을 지불하고, 시를 써야 한다. 하지만 그리하는 대신 나는 인스타그램 계정에 접속해 스크롤을 내리며 게시물을 훑어본다. 분노와 적개심이 들끓는 토막글과 현란한 자기 홍보가 번갈아 나타난다. 시에 이어 경찰의 과잉 진압이, 극찬 일색인 후기에 이어 감정만 앞서고 논리는 없는 기고문이, 비건 케밥 요리법에 이어 가부장제 해체에 관한 게시물이 뜬다. 하트와 좋아요를 누르고 게시물을 공유하다 보면 언젠가는 치러야 할 갖가지 전투로 눈앞이 아찔해진다. 한 해가 고작 절반 지났을 뿐인데 기후 위기 대책을 촉구하는 등교 거부 시위와 프랑스에서 개시된 노란 조끼 시위, 홍콩과 수단과 미국에서의 거리 시위 등으로 현재 2019년은 '시위의 해'로 불리고 있다. 그리고 2019년은 '분열의 해'이기도 하다. 이번 주에 발표된 한 연구에 따르면 유럽은 그 어느 때보다도 정치적으로 심히 양극화되어 있다.

　출입문이 쾅 닫힌다. 밥일 것이다. 1층에 사는 이웃 밥은 독실한 신자들도 이렇게까지는 안 할 텐데 싶을 만큼 이른 새벽부터 적십자 사 자원봉사를 하러 집을 나선다. 행사장에서 응급 처치를 돕고, 두문불출하는 사람들을 직접 방문한다. 밥은 내가 만난 최고의 이웃이지만 같이 있으면 그렇게 어색할 수가 없다. 데이비드나 나 같은 사람이 쳐들어온 동네에서 당신이 보낸 그 좋았던 옛 시절에 대한 향수를 노골적으로 드러내는 터다. 우리는 전기 화물 자전거를 몰고, 튀르키예 찻집을 밀어낸 후 들어선 세련된 커피 체인점에서 라테를 사 마시는 맞벌이 부부다. 매일 거니는 인도가 분열의 현장인 셈이다.

이제 핸드폰 화면이 새벽 3시 42분을 알린다. 마지막으로 핸드폰을 보고 나서 적어도 30분은 흘렀으리라고 생각했건만. **띵**, 알림이 뜬다. 인스타그램에서 팔로우하는 한 미국인 여성 활동가가 곧 라이브를 시작할 참이다. 나는 알림을 클릭해 라이브 영상을 재생한다. **우리는 분열된 공동체에 살고 있습니다.** 나는 분열이라는 단어를 향해 박수치는 이모지를 띄워 보낸다. 내 생각과 완벽히 포개지는 단어다. 나는 다시 스크롤을 내리며 게시물을 훑어보다 아마존에서 진행되는 생태계 파괴에 관한 동영상 링크를 연다. 1초마다 약 1만 제곱미터에 이르는 열대우림이 사라지고 있다는 내레이션이 흘러나온다. 나는 10초를 센다. 그새 10만 제곱미터에 이르는 열대우림이 사라졌다. 지금 이 순간 얼마나 많은 나무가, 식물이, 관목이, 개밋둑이, 새 둥지가, 균류가, 나비가, 그리고 곤충이 영구 소실된 것인지 헤아려 보려다 이내 그만둔다. 하지만 그러거나 말거나 시침은 계속 흐른다. 세상은 소멸 중이고 나는 침몰이라고밖에 설명할 수 없는 감정을 끌어안은 채 여기 어둠 속에 누워 있다.

폭염이 시작된 이래로 나는 밤마다 핸드폰 화면이 발하는 푸르스름한 빛 앞에서 침몰하듯 잠이 든다. 비가 내리게 해 달라고, 바람 한번 속 시원하게 불게 해 달라고, 이 열기에서 아주 잠시라도 숨을 돌릴 수 있게 해 달라고 빌어본들, 일기예보에는 변화가 없다. 가뭄, 가뭄, 또 가뭄이다.

　　우리 집 앞마당은 남향이다. 진종일 내리쬐는 뙤약볕에 마당의 식물과 포석이 지글지글 끓는다. 광장에 뿌리내린 나무들은 우리 집에서 너무 멀리 떨어져 있어 이쪽으로는 그늘을 드리우지 않는다. 집 앞 인도에 움돋은 것이라고는 가로등뿐이고, 밤이면 때묻은 노란빛이 커튼 자락 사이로 비집고 들어온다.

　　그 노란빛은 우리 가족이 이 동네로 이사 온 후부터 나를 괴롭히는 존재다. 뭐랄까, 홍수처럼 쏟아지는 스포트라이트 아래서 잠을 청하는 것 같다. 나는 주변 근육이 아릿해질 만큼 두 눈을 꽉 감고 어둠 속에서 무언가를 찾아 헤맨다. 어떤 관점을. 아니, 그냥 시야를. 그거다. 내겐 시야가, 전망이 필요하다. 이토록 푹푹 찌는 밤에는 아무것도 볼 수가 없다. 마치 지평선이 스리슬쩍 내게 다가오면서 저 멀리 가느다란 세로 줄무늬처럼 보이던 것이 두툼하고 꼴사나운 하나의 줄무늬로 서서히 변해 내 시야를 차단한 것만 같다. 선풍기 소리는 더 커진 듯하다. **후쉬 후쉬.** 자전거 열쇠를 잃어버리는 사람만큼이나 경솔하게 나는 시야를 잃었고, 미래를 잃었다. 이럴 수는 없는데, 이래서는 **안 되는데.** 아이도 있으면서 뚜렷한 전망은 없다니. 이래 놓고 아이들에게 어떤 긍정적인 이야기를 들려줄 수 있겠나? 잘 만들어진 이야기는 연속성을 갖추고 있어야 하는데, 마치 모든 것이 시나브로 해체되고 있는 듯하다. 숲을 이루지 못하는 나무들, 떼 지어 날지 못하는 새들, 무리를 이루지 못하는 물고기들, 첫인상이라는 상자에 갇혀 버린 인간들. 내가 갇힌 상자는 백인 좌파 여자, 그리고 화물 자전거가 없어도 하여간 '화물 자전거를 타는 엄마'로 불리는 상자다. 우리 자신보다 더 나은 무언가 혹은 누군가를 찾으려면 어디로 가야 하는 걸까? 첫인상이 보여 주는 것 이상을 보려면 어떻게 해야 할까?

나는 화면을 더 아래로 스크롤한 뒤 그린란드의 '생태학적 슬픔'에 관한 기사 링크를 클릭한다. 그린란드 사람들은 매일같이 기후 변화의 영향에 직면하고 자신들이 잃어버린 세상 앞에 비통해한다. 호주의 환경 철학자 글렌 알브레히트는 이러한 감정을 명명하고자 안락을 의미하는 라틴어 솔라티움solatium과 고통을 의미하는 그리스어 알지아algia를 합성해 '솔라스탤지어'solastalgia라는 용어를 만들었다. 한때는 풍경에서 안락을 발견했다면, 이제는 고통을 발견하는 것이다.

나를 병들게 만드는 것이 바로 그 솔라스탤지어일지도 모르겠지만 이 침몰하는 느낌이 단지 풍경 때문만은 아니다. 그 원인에는 우리 동네, 우리 도시, 우리나라의 불화가 있다. 온갖 문제가 해결되지 않은 채 방치되어 있다. 종말론적인 뉴스가 나날이 홍수처럼 밀려든다. 주택 부족, 전염병처럼 퍼지는 번아웃, 방벽 너머에서 발이 묶인 난민들, 민주주의의 종언과 마지막 북부 흰코뿔소의 소멸. 그리고 기후 위기가 좌파의 농간이라고 말하는 사람은 다름 아닌 길 건너편에 사는 내 이웃이다. 올해 들어 난생처음 비행기를 타고 해외여행을 떠날 계획인 그 여자는 나 같은 기후 광인들의 존재와 우리가 항공업계에 보내는 탄원서 때문에 별안간 부끄러움을 느껴야 할 상황에 처한다. 그와 그의 가족이 방 두 개짜리 단층집에서 잔뜩 움츠린 몸으로 부대끼며 사는 동안 내

가 대륙과 대륙을 오가며 휴가를 보내곤 했었다는 사실
은 굳이 들추지 말자.

　몇 발자국 떨어진 침대에서 아이들이 자는 동안 나
는 침몰하는 기분을 느끼면서 언젠가 한 친구가 읽어 준
페르난두 페소아의 시 한 구절을 떠올린다.

길 위에 난 모퉁이를 지나면
우물 한 정, 성 한 채가 있을지도 모른다.
그저 더 많은 길이 나 있을지도 모른다.
나는 알지도 못하고 묻지도 않는다.
모퉁이를 돌기 전의 길만 볼 수 있으므로,
그저 모퉁이를 돌기 전의 길을 바라볼 뿐.

　한때는 경이감과 위로를 선사한 시구였건만, 이제는
지평선이 보이지 않는 그 길을 생각만 해도 숨이 턱 막
힌다. 솔라스탤지어. 모퉁이를 돌아 더 높은 곳까지 올
라가서 계곡과 산세를 바라보고 싶다. 종말의 시나리오
를 지나, 반쪽짜리 해결책과 분열을 지나, 널따랗고 숨
멎을 듯 아름다운 전망으로 이어지는 길을 나는 찾아 헤
매고 있다.

　불현듯 한 사진이 떠오른다. 허블 망원경이 지구 상
공 약 547킬로미터 위에서 촬영한 '허블 울트라 딥 필

드', 내가 아는 가장 아름다운 전망이다. 칠흑 같은 배경을 파편 같은 무수한 빛이 메우고 있는 전망. 밝은 흰색에서 부드러운 주황색, 주광색에서 전구색에 이르는 다양한 빛이 촘촘히 박힌 전망. 자세히 보면 파편들의 모양도 다 다르다. 기괴한 나선형, 번쩍거리는 달팽이 껍데기 모양, 그리고 베들레헴의 별처럼 나침반의 침 위치마다 뾰족뾰족 튀어나온 형상도 있다.

'허블 울트라 딥 필드'는 2003년 9월부터 2004년 1월까지 허블 망원경으로 관측한 일련의 사진을 합성한 결과물이다. 개별적인 파편처럼 보이는 것이 실은 지구에서 수 광년 떨어진 화로자리 은하단 부근에 위치한 3천 개의 은하다. 트레이시 K. 스미스는 허블 사진에 대해 쓴 시에 "모든 것의 가장자리까지 보였다"라고 적었다. "어찌나 무자비하고 생생했던지 도리어 은하에게 이해받는 느낌이었다."

알면 알수록 압도당하지 않을 도리가 없는 사진이다. 우리 머리 위에 떠 있는 겸허하고 사소한 어둠이 저렇게 번쩍이며 발광하고 있다니. 그 빛의 파편 중에는 우리가 아는 가장 오래된 은하, 빅뱅 직후 첫 5억 년 기간에 형성된 은하도 있다. 다만 우리가 보는 빛은 수십억 년을 이동해 허블 망원경에 포착된 것이니 지금은 소멸한 지 오래다. 허블은 우주를 내다보기만 하는 것이 아니라 시간을 되돌아본다.

나는 '허블 울트라 딥 필드'를 2006년 네덜란드 노르드 베이크에 위치한 유럽 우주국(ESA)의 부속 박물관 스페이스 엑스포에서 처음 만났다. 자칭 '상주 시인' 자격으로 ESA에 머물기로 한 해였다. 나는 오래전부터 우주 공간에 매료되어 있었다. 내게 우주란 알 수 없고, 존재할 수 없고, 볼 수 없는 공간이었다. 우리를 둘러싼 우주에 대한 인식은 늘 내게 해방감을 안겨 주었다.

그래서 나는 스페이스 엑스포에 이메일을 보내 그곳을 임시 작업실로 사용할 수 있는지 물었다. 사실 대학에서 천문학을 공부하고 싶었지만 종교학을, 그중에서도 또 다른 미지의 영역인 이슬람 신비주의를 전공하게 되었다고 덧붙이면서. 그러자 로프 판 던 베르흐 관장은 스페이스 엑스포로 와서 글을 쓰라며 다정한 초청의 말을 보내왔다.

그 사진(허블 울트라 딥 필드)은 전시 공간 출입문 인근의 어두운 복도에 걸린 채 역광을 받고 있었다. 나는 무언가에 홀린 사람처럼 오전 내내 그 사진만 뚫어져라 쳐다보았다. 수천 개의 은하, 그리고 그 안에 박힌 수천억 개의 별은 불가해 그 자체였다.

그러나 시는 써지지 않았다. 연 하나를 쓴 것이 다였

다. 그 연에서 나는 대야 하나를 가득 채운 빛이 수십억 개 조각으로 산산이 흩어지는 유대 창조 신화와 광활한 공간에 펼쳐진 파편의 유사성을 탐색했다. 유대 신화에 따르면 그렇게 흩어진 모든 빛의 파편은 궁극적으로 생명이 되고, 인간, 동물, 심지어 낱말이 된다. 성스러운 빛의 파편인 것이다. 그리고 유대 신화가 전하기를 빛에서 떨어져 나온 조각 하나하나는 모든 것이 하나의 대야 속에서 공존했던 시절을 향한 향수를 품고 있다. 즉 사람이 됐건 동물이 됐건 식물이 됐건 낱자가 됐건, 빛의 파편들 사이에서 이루어지는 모든 만남은 더 많은 빛을 향한 갈망이다.

분열된 세계는 갈망하는 세계다.

핸드폰을 한쪽으로 치워둔다. 광장에서 새 한 마리가 주저하듯 **삐루루룩** 울며 새벽을 알린다. 지빠귀인가? 박새인가?

막내가 잠결에 소리를 내지른다. 옆방에 가서 살펴보니 침대에 똑바로 있는 아들의 여린 얼굴이 더위로 붉게 달아올라 있다. "엄마, 나 물." 큰아들은 땀이 흥건한 베개를 베고 꽃잠이 들어 있다. 이렇게 열기가 후끈한 밤이면 아이들은 평소보다 더 몸집이 크고 무력해 보인다. 아래층으로 내려가 식기세척기에서 물병을 꺼내려는데 조리대에 놓인 플라스틱 호랑이가 눈에 밟힌다. 막내가 몇 주째 집착하며 갖고 다니는 장난감이다. 최근 호랑이 아종 9가지 중에 3종은 이미 멸종했고 나머지 6종은 멸종 위기에 처해 있다는 글을 읽은 나는 그 플라스틱 호랑이를 집어 들어 음식물 쓰레기와 함께 버려 버린다. 그 장난감을 집에 두고 싶지가 않다. 내 아이들이 성장해 성인이 될 즈음에는 야생에 존재하지 않게 될 호랑이를 상기시키는 물건이니까. 그러나 위층으로 이어지는 계단을 오르다 말고 나는 다시 아래층으로 내려가 쓰레기통에서 호랑이를 꺼낸다. 호랑이 등에 오래된 건포도 하나가 말라붙어 있다. 나는 호랑이를 깨끗이 씻어서 조리대에 도로 올려놓는다. 생명을 가진 호랑이가 서서히 소멸의 길로 접어드는 상황에서 우리가 할 수 있는 최선은 모조 플라스틱 호랑이를 붙들고 있는 것이다.

다시 침대로 돌아온 나는 허블 울트라 딥 필드 사진을 구글에 검색한다. 스마트폰으로 보니 스페이스 엑스포에서 실물 크기의 사진을 봤을 때보다는 감격이 덜하지만 그 빛의 파편들은 여전히 아름답다. 보고 있다 보면 그 빛들을 하나로 쓸어 모아 어둠 속에서 눈부시게 발광하는 횃불을 만들고 싶어진다. 유대 창조 신화에서는 사실 그것이 우리의 사명이다. 흩어진 파편들을 다시 맞붙이는 것. 낱말, 인간, 동물, 식물 등 모든 것을 다시 하나로 합쳐 온전한 상태를 회복하는 것이다.

신화의 관점에서 보면 기후 변화도, 이웃 간의 불화도, 균류와 나무와 호랑이의 멸종도, 죄다 분열의 문제다. 나무, 바다, 타인 등 우리가 연결되어 있어야 할 주변 존재로부터 분리되어 있어 발생한 문제다.

어떻게든 허블 울트라 딥 필드에 관한 시를 완성해야 할 것만 같다. 요즘 나로 말할 것 같으면, 내 눈높이에서 펼쳐지는 혼돈에만 집중할 수 있는 상태다. 그리고 이제야 알게 된 사실이지만 이렇게 줌 렌즈로 피사체를 바짝 당긴 채 살아가는 듯한 상태는 그동안 나를 무언가로부터, 나보다 훨씬 거대한 무언가의 일원이 되고 나라는 존재 바깥에서 박동하는 리듬에 맞춰 고개를 까딱거릴 수 있는 감각으로부터 소외시켰다. 내 지척에서 벌어지는 일에만, 인스타그램 스토리와 라이브 블로그와 뉴스 피드의 강박적인 '현재'에만 지나치게 몰두한 나머지 나는 그 모든 것이 추동하는 긴박함에 잡아먹힐 지경에 이르렀다. 이제는 화면을 축소하고, 피사체를 멀리 밀어내고, 사물과 나 자신과 타인을 적정 비율로 바라볼 수 있는 조망을 확보하고 싶다.

스마트폰 화면에 뜬 빛의 파편들을 다시 바라본다. 허블 망원경에 대해 생각하면 침몰하는 듯한 기분을 다

스리는 데 도움이 된다. 우리보다 시력이 40억 배는 좋은 거대한 눈이 지구 위 어딘가에 떠 있다. 서로 힘을 합쳐 만든 공동의 동공이 우리를 대신해 우주를 내다보고 있다. 인간이 망원경을 질투한다는 게 말이 될까? 나는 선망 같은 감정을 경험하고 있다. 우주와 낮과 밤을 가만히 응시할 수 있다니, 나를 옥죄는 불안에 대한 이상적인 해결책인 것만 같다.

머릿속에는 안정감을 선사하는 허블 울트라 딥 필드 사진을 띄우고 마음속에는 조만간 무언가가 시작될 것 같다는 느낌을 품은 채 나는 차츰 여윈잠에 빠져든다. 지구에서의 우주 여행. 두 발을 지표면에 단단히 내디딘 채 우주 곳곳을 누비는 여행길에 오를 때다.

노르드베이크 스페이스 엑스포의 고요하고 어둑한 복도에서 맞이하는 후덥지근한 화요일 아침이다. 나는 14년 전 처음 본 허블 울트라 딥 필드를 꼭 그때처럼 마주 보고 서 있다. 커다랗게 확대된 사진에 역광이 비추니 은하가 반짝이는 효과가 난다. 나는 핸드폰 메모 애플리케이션을 켜고, 곧 내게 물밀듯 밀려들 것이 분명한 모든 고원한 생각을 날랜 손놀림으로 옮겨 적을 채비를 한다.

그런데 수십억 가지 외계 행성들의 형태와 색깔을 오래 들여다볼수록 머릿속이 점점 비워진다. 뇌리를 스치는 유일한 생각은 물리학자 브라이언 콕스의 "우리는 의식을 가진 우주다"라는 말뿐이다. 우주가 우리 인간을 통해 자기 자신을 이해한다는 말. 빛의 파편들을 가만 응시하고 있자니 더럭 그 반대도 맞는 말 아닐까, 우리 인간도 우주를 통해 우리 자신을 이해하는 것 아닐까, 라는 의문이 싹튼다.

어두운 복도를 지나 박물관 안쪽으로 들어가면 낮은 칸막이로 공간을 구획한 커다란 전시실 하나가 나온다.

신시사이저로 만든 우주의 소리가 배음으로 깔려 웅웅거린다. 지구를 촬영한 위성사진들을 지나치며 혼자 한가로이 이 공간을 거닐고 있으니 며칠 만에 마음이 한결 가뿐하다. 슬쩍 핸드폰을 보니 다행히 데이비드와 아이들이 귀가하기까지 몇 시간이 남아 있다.

전시실 중앙에는 국제우주정거장(ISS) 날개의 축소 모형이 전시되어 있다. 그보다 더 뒤쪽에 설치된 유리 진열장 안에는 2011년 겨울부터 2012년 여름까지 국제우주정거장에 머문 네덜란드 우주 비행사 안드레 카위퍼르스의 우주복이 있다. 나는 월장석 하나와 깃발 하나, 그리고 야트막한 우주 먼지 더미를 지나 전시실을 거닌다.

자그마한 운석 옆에는 검은 상자 하나가 놓여 있다. 방문객들이 상자 입구에 코를 갖다 대면 유럽 우주국의 데이터 수집을 위해 우주 탐사선 로제타가 착륙했던 얼음 혜성 67P/ 추류모프-게라시멘코의 냄새를 맡을 수 있는 설치물이다. 내가 스페이스 엑스포를 방문한 그날로부터 6개월이 지난 후, 그 얼음 혜성에는 DNA의 성분이자 생명의 중대한 구성 요소인 인이라는 원소가 포함되어 있다는 사실이 로제타 데이터 분석 결과 명확히 밝혀졌다.

나는 2020년 겨울에 그 소식을 접하고 감동에 젖는

다. 인간과 혜성의 관계. 그 관계는 혼돈에서 시작해 의식意識으로 이어지는 무척 기나긴 역사를 갖고 있기에 간과하기 쉽지만, 그럼에도 매우 근본적이다. 아마 67P 같은 혜성들은 지구와 충돌한 순간에 가장 기본적인 생명의 구성 요소들을 남겼을 것이다. 그리고 그러한 구성 요소가 없었다면 조류도, 말馬도, 노르드베이크의 박물관에 설치된 검은 상자에 코를 들이대고 자기 자신을 이루는 성분 일부를 품고 있는 우주 암석의 냄새를 맡는 이족보행 동물도 존재하지 않았을 것이다. 실상 암모니아와 썩은 생선의 악취인 냄새를.

그 썩은 내를 들이마시고 있으니 지금부터라도 역사 수업에서 혜성 67P 이야기를 하나의 정규 학습 주제로 다루면 좋지 않을까 하는 생각이 든다. 모든 학생이 로제타를 통해 얻은 거친 입자의 외계 암석 덩어리 사진을 15분 동안 응시해야 한다면, 그러다 이 암석 덩어리 또한 우리 기원의 일부이며 생명은 최초의 유기체가 생겨나기도 전에 이미 시작되었다는 사실을 깨닫게 되면 어떨까. 살아 있는 모든 것의 공동 조상으로서의 혜성을 인식하게 되면 어떨까. 그러면 우리 자신을 다르게 보게 될까?

여덟 살 난 학생들이 소란을 떨며 전시실로 뛰어들어 와 내 사색을 방해한다. 나는 카페테리아로 발걸음을 옮겼다가 잠시 후 스페이스 엑스포의 로프 판 덴 베르흐 관장과 차를 마신다. 우리가 그러고 있을 동안 출입구 옆 잔디밭에서는 한 무리의 아이들이 손수 만든 수소 로켓을 발사한다.

이 박물관을 찾았던 우주 비행사들의 사인이 새겨진 초상화가 카페테리아 벽면에 걸려 있다. 판 덴 베르흐 관장은 그들 중 상당수를 직접 만나본 사람이다. 나는 우주 비행사들의 얼굴을 찬찬히 훑어보며 유사점을 탐색한다. 이 우주 비행사들에게 어떤 공통분모랄까, 공통된 특성 같은 것이 있나요?

판 덴 베르흐 관장이 내 질문에 대해 골똘히 생각하다 말한다. "친절이요." 우주선처럼 좁은 공간에 몸을 구겨 넣고 타인과 함께 지내야 하는 상황에서는 서로를 향한 친절이 가장 중요하다는 의미다. "그리고 또 한 가지." 두 눈으로 초상화를 차례로 훑으며 관장이 말한다. 거의 모든 우주 비행사가 우주에서 임무를 마치고 복귀하자마자 지구 활동가가 됩니다. 지속 가능성과 동물의 복지와 플라스틱 없는 바다를 수호하는 홍보대사가 되죠. 그렇게 머나먼 곳에서 지구를 본 경험이 무엇보다 인상적이었다고 다들 입 모아 말해요.

나는 벽면에 붙은 얼굴들을 자세히 살펴본다. 1968

년 저명한 미국 건축가이자 미래학자인 리처드 버크민
스터 풀러는 "우리 모두는 지구라는 우주선에 탄 우주
비행사다"라고 썼다. 그는 인류가 대기권을 뚫고 나가
기 전인 1950년대에는 우리가 지구의 전체 모습을 보지
못해서 지구를 학대하고 있는 것이라고 말했다. 이는 우
리가 어떤 존재인지(우주라는 망망한 바다에 떠 있는 작디
작은 둥근 배 같은 존재임을) 깨닫기만 한다면 다르게 생
각하고 다르게 살아가게 되리라는 뜻이다. 생명은 순환
하며 행성 차원에 존재하는 것이지, 더는 무한히 솟아날
수 있는 샘물이 아님을 알게 되리라는 뜻이다. 배는 유
지 보수와 적절한 관리를 필요로 한다는 뜻이다.

이미 잘 알려진 버크민스터 풀러의 통찰을 지난 수
년간 끊임없이 되새겼음에도 나는 느닷없이 이 작은 카
페테리아에서 그 의미를, 지구는 우주에 존재하는 형형
색색의 조밀한 배라는 사실을 깨닫는다.

이 생각을 들려주니 판 덴 베르흐 관장은 재미있어
하며 웃는다. "우주에서 우주 비행사가 된 경험이 지구
에서도 우주 비행사가 되게 만들었다고 할 수도 있겠네
요." 그러더니 일을 하러 가야 한다며 자리를 뜬다.

핸드폰을 확인했다가 기차역으로 가는 버스를 이
미 놓쳤다는 사실을 알게 된 나는 에어컨이 나오는 카페
테리아 안에서 다음 버스를 기다리기로 한다. 기다리는

동안 의자에서 일어나 초상화 아래에 적힌 이름을 읽는다. 판 덴 베르흐 관장은 이 우주 비행사들이 저 위에서 본 것이 그들에게 불가역적인 변화를 일으켰다고 말했다. 그들이 한 압도적인 경험 중 어느 하나라도 이 지구로 옮겨올 수 있을까? 나는 우주 비행사들의 이름을 하나하나 구글에 검색한다. 그렇게 두 시간이 흐른 뒤에도 나는 계속 카페테리아 의자에 앉아 노트북을 들여다본다.

그러다 아무것도 없는 분화구에서 신을 만났다는 우주 비행사를 발견한다. 우주에서 아무 변화도 겪지 않고 돌아온 사람은 없다고 말한 우주 비행사도 발견한다. 최초로 달에서 울었던 우주 비행사도 발견한다. 달 먼지를 밟고 서서 자신이 떠나온 곳을 내다보았던 우주 비행사, "우리는 달을 발견하러 갔다가 지구를 발견했다"라고 말한 우주 비행사도 발견한다.

　　그리고 임종을 앞둔 네덜란드 우주 비행사 우보 오켈스가 동료 지구인들에게 경고하기 위해 녹화한 영상을 발견한다. 그는 우리가 "현재 우리 삶에 존재하는 위험을 인지"하지 못한다고, "우리 지구는 암에 걸려 있습니다. 나도 암에 걸려 있습니다. 그리고 암에 걸리면 대부분은 죽습니다"라고 말한다. 네덜란드 억양이 밴 부자

연스러운 영어 때문인지 그의 영상 메시지는 더욱 위태
롭게 들린다. 창백한 얼굴로 가쁜 숨을 가누며 감정적인
메시지를 전하는 그는 우주 비행사의 눈으로 지구를 바
라보라고 인류에게 호소한다. 멀리서 바라보라고. 우리
가 불가분의 관계로 얽혀 있는 하나의 실체로서의 지구
를 바라보라고.

　가슴 아픈 장면이다. 죽어가는 우주 비행사가 마지
막 숨을 몰아쉬며 지구를 자멸로부터 구하려고 애쓰고
있다. 그러나 영상의 말미에 다다르면 희망이 비친다.
그는 갈라지는 목소리로 말한다. 우리는 할 수 있다고.
"우주 비행사의 통찰과 태도를 갖게 되면 다른 사람들은
하지 못하는 방식으로 지구를 사랑하기 시작할 것이고,
무언가를 진정으로 사랑하면 그것을 잃고 싶지 않을 것
입니다"라고.

　영상이 끝나자마자 나는 다시 재생 버튼을 누른다.
우주 비행사의 태도. 순간 나는 고양감을 느끼고, 카페
테리아 의자에 앉은 채로 태양계를 떠다니는 것 같은 기
분을, 나를 감싼 거대한 우주에서 섬광이 번쩍이는 느낌
을 받는다. 꼭 우주를 조망하고 있는 것만 같다.

　나는 노트북 화면에서 스크롤을 더 아래로 내린 다
음, 대기권 밖으로 나갔다가 지구를 향한 사랑과 지구를
지키고 싶은 충동, 일체성을 일깨우는 소름끼치는 감각

에 사로잡혀 돌아온 우주 여행자들의 이야기를 듣는다.

"그건 당신을 변화시킵니다"라고 1971년 아폴로 14호 달 탐사 임무를 마치고 복귀한 에드거 미첼은 말했다. 그는 달에서 강렬한 각성을 경험했다. 생명의 상호 연결성을 압도적인 방식으로 자각했고, 우리가 삶을 대하는 방식에 강한 불만을 품게 되었다. "정치인의 목덜미를 붙들고 약 40만 킬로미터 밖으로 끌고 가서 '저것 좀 봐, 이 개자식아'라고 말하고 싶어질 겁니다."

달에서 지구로 돌아오는 동안 미첼은 동료 비행사들, 그들과 함께 여행한 캡슐, 그리고 그 캡슐 안의 어둠과 '원자 이하 수준'에서 연결되는 느낌을 받았다. 훗날 그는 모든 것이 고대의 별 하나가 품었던 열기 속에서 탄생했다는 사실을 그때 이해하게 되었다고 말한다. 모든 것이 본질적으로 외계에서 왔으며 우주적 충돌을 통해 지구에 안착했다는 사실을.

우주 여행자 아누셰흐 안사리는 지구로 복귀한 후 어느 기자에게 더 이상 차이는 존재하지 않는다고 말했다. 부유한 사업가인 안사리는 2006년 우주 비행사 두 명과 함께 민간인 탑승객 자격으로 러시아 로켓을 타고 국제우주정거장으로 비행했다. 그리고 우주에서 본 광경이 자신의 삶을 뒤바꿨다고 말했다. "거기에서 보면 내 집이나 내 나라 같은 건 생각나지 않아요. 보이는 건

하나의 지구뿐이거든요."

보아하니 우주에서 이루어진 이 변혁적인 경험은 미국 작가 프랭크 화이트가 만든 '조망 효과'라는 공식 용어로 불리는 듯하다. 화이트는 〈조망〉Overview이라는 짧은 다큐멘터리에서 우주 비행사 31명의 진술을 나란히 두고 살펴보았더니 그들이 한 경험의 핵심에는 우주에서 지구를 바라볼 때 일어난 인지적 변화가 있었다고 설명한다.

화이트가 연구를 시작한 것은 미국과 소련 사이의 그 유명한 '우주 경쟁'과 최초의 달 탐사 임무가 수행된 시점으로부터 20년이 지난 1980년대부터다. 그러나 우주 탐사 시범 사업이 진행된 초기에는 이렇게 우주 여행이 가진 '부드러운' 측면에 대한 관심이 거의 없었던 모양이다. 적어도 그에 관한 기사나 연구를 나로서는 찾을 수가 없다. 어쩌면 그러한 측면은 달의 표면에 깃발을 꽂고 발자국을 새기는 근사하고 침착한 우주 비행사의 이미지와 어울리지 않을지도 모른다.

화이트의 연구는 이러한 인지적 변화를 이루는 공통적인 요소들을 요약해 보여 주는데, 지구라는 행성에 대한 사랑, 지구를 보호하고자 하는 욕망, 살아 있는 모든 것에 대해 느끼는 연결감 같은 그 요소들은 로켓이라든가 우주 경쟁과는 실로 조금도 닮은 구석이 없다. 그리고 화이트가 내린 결론은 이러한 인지적 전환이 많은 경우 오랫동안 지속된다는 것이다.

바로 이거였다. 내가 찾아 헤매던 거리와 조망이 바로 이거였다! 내가 속해 있는 모든 것과 나와의 관계에 대한 인식을 재정립하는 데 필요한 거리, 그리고 무엇보다 지난 몇 주간 나를 괴롭힌 밀실 공포증에 맞설 여유를 주는 지속적인 경험. 그것이 우주 비행사의 태도였다.

뭐든 더 알아보고 싶은 마음에 나는 카페테리아 직원에게 커피를 한 잔 주문하고 다시 노트북을 들여다본다. 이번에는 펜실베니아대학교 연구원들이 조망 효과와 관련해 진행한 후속 연구를 발견한다. 연구 심리학자로 구성된 이 연구팀은 우주 비행사들을 인터뷰한 기존 자료들을 분석해 조망 효과가 일어나는 정확한 상황을 연구했다. 그런데 희한한 사실은 지구와 우주 사이의 어마어마한 물리적 거리가 바로 지구에 대한 정서적 친밀감을 유발하는 듯하다는 점이다. 확실히 어느 시점에 다다라 어떤 대상으로부터의 거리가 상당 수준 멀어지면 그 대상을 완전히 다른 관점에서 보게 된다.

추가로 그 연구팀은 지구를 가만히 들여다보는 것이 치료적인 효과를 발휘할 수 있음을 입증했다. 지구를 가만히 들여다보면 요즘 시대에는 만성 공급 부족이라 할 수 있는 무언가, 즉 **경외감**이 찾아온다. 발화하는 순간 입이 자동으로 벌어지게 만든다는 점에서 일종의 시각적 의성어인 **경외감**^{awe} 말이다.

연구 결과를 더 살펴보던 나는 **초월**이라는 단어를 만난다. 우주 비행사들이 들려주는 이야기와 신비로운 경험을 한 사람들이 들려주는 이야기에는 많은 유사점이 있다. 우주 비행사는 지구의 둘레를 도는 일단의 신비주의자들, 지구와 완전히 분리되어 있으면서도 여전히 밀착해 있는 존재들인 셈이다.

카페테리아 직원이 다가와 이제 곧 마감 시간이라고 알린다. 나는 고개를 끄덕인다. 가야 한다. 진즉 갔어야 했다. 데이비드와 두 아들이 귀가하기 전에 장도 봐야 한다.

나는 펜실베니아대학교 연구팀의 연구에 대해 적어둔 메모를 마지막으로 다시 한번 읽는다. 거리두기를 통해 가까워지기. 코앞에서 벌어지는 일을 이해하기 위해 코앞에서 멀어지기. 내가 살아가는 장소와 얼마나 깊이 결속되어 있는지를 경험하기 위해 나 자신을 그 장소로부터 분리하기.

다큐멘터리 〈조망〉에서 인터뷰에 응한 우주 비행사들은 자신이 얻은 통찰을 다른 지구 거주민과 공유하는 것을 사명으로 여긴다. 그러나 그들이 경험한 극적인 비행은 매일 태양 주위를 도는 내 일상과는 거리가 멀어도 한참 멀다. 그렇다면 과연 나는 한참을 고대했던 우주 여행을 떠난 숙련된 우주 비행사들만큼이나 열린 마음으로 우주 비행에 버금가는 경험을 받아들일 수 있을까?

곧 나는 지글지글 끓어오르는 듯한 더위의 복판으로 돌아갈 것이고, 바싹 마른 공기에 자그마한 앞뜰이 시들시들해지는 광경을 매일매일 지켜보게 될 것이다. 곧 세계는 인스타그램 프로필, 언론사 웹사이트, 동네 광장 등등으로 파편처럼 쪼개질 것이다. 곧 나는 또다시 플라스틱 공룡들 사이에 앉아서 "와아아하아아, 나는 데이노니쿠스다!"라며 으르렁거릴 것이다. 큰애가 자기는 나중에 커서 파라사우롤로푸스가 되고 싶다고 말하고 작은애는 티라노사우루스가 되고 싶다고 말하면, 나는 사실 우리가 이 시대의 공룡과 다름없는 처지라는 말을, 멸종 위기에 처한 종이라는 말을 내뱉지 않기 위해 입을 앙다물 것이다.

소지품을 챙긴 후 오후의 가혹한 햇볕 아래서 버스 정류장으로 향한다. 스페이스 엑스포 옆에는 유럽 우주국 기술의 심장부라 할 수 있는 유럽 우주 기술 센터(ESTEC)가 있다. 우주 임무를 구상하고 관리하며 그러한 임무에 사용할 위성과 장비를 테스트하는 ESTEC 부지는 높지막한 금속 울타리로 둘러싸여 있다.

내부에는 몇 차례 들어가 보았다. 센터가 민간에 개방되는 날과 기자회견이 열릴 때 호기심이 생겨 찾아갔었지만 지금까지 그 일을 어디서 언급한 적은 없었다. 역학과 물리학에 대한 무지가 탄로 날까 봐 감히 그럴 수가 없었다. 고등학생 시절 인문계로 진학한 것이 지금도 후회스러울 정도다. ESTEC를 둘러싼 울타리가 돌연 기묘하게 느껴진다. 박물관과 연구 시설을 구분하는 철조망이라니. 문화와 과학이 서로를 오염시켜서는 안 된다는 메시지 같지 않은가.

버스가 온다. 뒷좌석은 가느다란 색 끈에 연결된 신분증으로 정체를 파악할 수 있는 ESTEC 직원들이 이미 선점했다. 버스가 출발하자 하늘에 구름이 끼더니 가느다란 빗방울이 떨어지기 시작한다. 노르드베이크와 레이던을 잇는 지루한 구간을 달리는 내내 나는 펜실베니아대학교 연구에서 나온 역설, 즉 거리를 둘수록 가까워진다는 사실을 거듭 곱씹는다.

미국의 에세이스트 데이비드 포스터 월리스는 '이것은 물이다'로 알려진 2005년 유명한 대학 졸업식 연설에서 물고기 한 쌍에 대한 이야기로 서두를 연다. 함께 헤엄치던 두 물고기가 맞은편에서 다가오는 세 번째 물고기를 우연히 마주친다. 그러자 세 번째 물고기가 고갯짓을 하며 두 물고기에게 인사를 건넨다. "좋은 아침이야, 얘들아. 물은 어때?" 그 후 한동안 말없이 헤엄을 치던 두 물고기 중 하나가 다른 물고기를 가만히 바라보며 이렇게 말한다. "물이 뭐지?"

월리스가 하려던 말은 가장 명백한 진실이 가장 보기도 말하기도 어려운 진실일 때가 많다는 것이다. 일상의 위장술에 가려 보이지 않는 진실. 익숙함이 낳는 무지.

저 머나먼 우주로 간 우주 비행사들은 그간 자신들을 감싸고 있던 것을 새로운 시선으로 새롭게 바라보았다. 멀찍이 떨어진 만큼 시야가 넓어졌고, 그 거리 덕분에 그때껏 자신이 살아온 공간을 뜬금없이 이해할 수 있었다. 우리는 모두 우주 비행사다. 그러나 수도 없이 그 사실을 잊는다. 우리는 은하수라고 부르는 은하계의 가장자리에 위치한 작은 행성에 거주하고 있으며, 매일매일 궤도를 돌며 우주를 누빈다.

버스가 레이던역으로 향하는 도로를 누비는 동안 나는 어떻게 하면 지구의 복잡한 동네 광장에서 조망 효과를 경험할 수 있을지를 고민한다. 저녁이 깊어질 때까지 머릿속에서 **조망**Overview이라는 단어가 통통 튀어 다닌다. 조망. 대문자 O를 이루는 빈 공간이 꼭 망원경의 렌즈 구멍 같다.

플렉시글라스로 제작된 나지막한 유리 막에 몸을 기댄 채 내 발밑에서 지구가 회전하는 광경을 지켜본다. 창백한 빛깔의 아라비아반도 지형과 초록으로 물든 남아메리카 등 각각의 대륙을 분간해 보려 하지만, 무엇보다 내 시선을 사로잡는 것은 유유히 움직이는 유백색 구름 사이사이로 보이는 푸른 바다다. 네덜란드에서 지구의 자전 속도는 시속 약 1,670킬로미터로, 하루 24시간 1년 내내 내가 생각한 것보다 빠르게 돌고 있다. 그러나 이는 지구가 자전축을 중심으로 회전하는 속도일 뿐이다. 지구는 이에 더해 시속 약 107,000킬로미터로 태양 주위를 공전하며, 태양은 시속 약 792,000킬로미터로 은하 중심을 세차게 공전한다. 태평양이 내 발밑으로 휙 지나갈 때 찾아오는 현기증을 억누르기 위해 나는 플렉시글라스 유리 막에 무릎을 바짝 붙인다.

나는 지구에서 약 400킬로미터 상공에 위치한 국제 우주정거장의 전망을 대형 스크린에 투사된 화면을 통해 보고 있다. 네덜란드 최남단 케르크라더에 자리한 이

곳 콜럼버스 지구 센터는 우주 비행사가 바라보는 지구에 초점을 맞춘 박물관이다.

콜럼버스 지구 센터는 조망 효과의 대응물을 찾고자 하는 내 연구를 시작하기에 논리적으로 알맞은 공간 같다. 우주 비행사가 보는 것을 보고, 우주 비행사가 느끼는 것을 느끼기에 제격인 곳이니까. 아침부터 네덜란드 남쪽으로 향하는 기차에 올라타 지금 이렇게 원통형 구조물을 내려다보고 있는 이유도 그 때문이다. 현기증이 가라앉으니 일정한 속도로 움직이는 지구와 구름이 마음을 진정시킨다. 대양을 바라보고 있는 기분이다. 해양 생물학자 윌러스 J. 니콜스는 우리 모두가 '푸른 마음'을 갖고 있다고 말했다. 생명에 필수적인 물을 바라보면 마음이 편안해진다는 의미다.

나는 물로 이루어진 구체를 마지막으로 한 번 더 바라본다. 아름답다. 그러나 우주 비행사들처럼 압도되는 기분이 들지는 않는다. 난생처음 이 광경을 본다면 어떤 기분이 들지 상상해 보려 해도, 내가 평생 접한 지구 이미지의 마우스 패드와 커피잔, 포스터, 티셔츠 따위를 도무지 떼어 놓고 생각할 수가 없다. 어쩌면 지구에서 가장 많이 재현된 이미지는 지구 그 자체를 담은 사진일지도 모른다.

프랑스 철학자 브뤼노 라투르는 우주에서 바라본 지구의 이미지가 인류의 위치를 오해하게 만든다고 주장한다. 그 사진은 우주에서 찍힌 것이 아니다, 라고 그는 말한다. 인공 생명 유지 장치 없이는 생존할 수 없는 인간이 시끄럽고 비좁은 로켓 캡슐 내부에서 찍은 사진이라는 것이다.

라투르가 보기에 우주에서 촬영한 그 유명한 블루마블 지구 사진은 지나치게 감상적이며 그러므로 우리의 세계관을 왜곡한다. 우리는 세상을 밖에서가 아니라 안에서 바라보아야 한다. 우리는 저기가 아니라 여기에 있다.

플렉시글라스 유리 막에서 천천히 물러나니 뒤쪽에서 새로운 방문자 무리가 나처럼 자기 발밑을 관찰할 태세로 신발을 질질 끌며 다가오는 소리가 들린다. 브뤼노 라투르의 말이 잔소리처럼 머릿속에 맴돈다. 라투르가 생각하기에 우주에서 지구를 바라보는 행위는 건강하지 못한 현실 도피였다. 현실을 확대해 들여다보지 않기 위해 현실을 축소하는 것. 지금 내가 하고 있는 것이 그런 것일까? 현실 도피?

우주 비행사들이 남긴 대부분의 진술을 읽어보면 라투르가 말한 바와 달리 탈출구는 없다는 결론만 남는다. 탈출구가 있다고 한들, 결국 무엇이든 부메랑처럼 우리에게 되돌아온다. 그리고 집으로 돌아간 우주 비행사들은 자신들이 잠시 떠나 있었던 지구라는 행성에 그 어느 때보다도 헌신한다.

전부는 아니어도 대부분은 그렇다. 물론 조망 효과에 면역이 생긴 듯한 우주 비행사들의 이야기도 곳곳에서 찾아볼 수 있다. 팟캐스트 〈디스 아메리칸 라이프〉 This American Life의 한 에피소드에서 우주 비행사 프랭크 보먼은 아폴로 8호 캡슐에서 지구돋이를 목격했을 때 자신이 얼마나 무덤덤했는지를 이야기한다. 보먼은 귀가 후 아내와 아이들에게 그 이야기를 들려주지도 않았다. "아이들과 아내를 보는 게 더 중요했어요. … 우리는 (그저) 일상의 복판으로 곧장 뛰어들었죠."

보먼의 무덤덤한 태도는 그의 두 동료 우주 비행사 짐 로벨과 빌 앤더스가 지구돋이로부터 받은 영향과 비교해 볼 만하다. 지구돋이를 목격한 순간, 로벨은 죽으면 천국에 가고 싶다던 사람들의 말을 떠올렸다. 그러나 로벨이 우주에서 깨달은 바에 따르면 우리가 태어난 곳이 바로 천국이다. 우리가 번영하는 데 필요한 모든 것을 제공해 주는 곳은 다름 아닌 이 작은 행성이다. 그리고 앤더스는 이러한 감상을 전했다. "분열을 야기한 경계들이 사라졌어요. 모든 인류가 이 장엄하지만 취약한 구체에 다 함께 모여 있는 것 같았죠." 어쩌면 중요한 것은 보는 것뿐만 아니라 보고 싶다는 **욕망**에 있는 것인지도 모른다.

케르크라더를 떠나 집으로 돌아오니 이웃 밥이 전국적인 스프링클러 사용 금지 명령을 무시하고 식물에 몰래 물을 주고 있다. "물을 안 주면 살아남지 못할 거예요." 그는 유독 아끼는 라벤더를 향해 고개를 주억거리며 말한다.

나는 말라비틀어진 식물에서 죽은 잎을 떼어내는 밥을 지켜본다. 팔다리는 짙게 그을려 있고 머리는 뒤쪽으로 빗어 넘겼다. 라벤더 옆으로 그가 새들을 위해 갖다 놓은 물그릇이 보인다. 예전에는 여기에 자그마한 장미 정원이 있었다고 밥이 말한다. 그런데 어느 날 조경회사 사람들이 찾아와 장미 나무를 베어 버렸다고 한다. 동네에 방치된 마당이 너무 많아 시의회가 정원 유지관리를 외부 업체에 맡기기로 결정한 결과였다. 그렇게 장미가 사라진 자리에는 데이비드와 내가 이 주택의 2층을 매매했을 때부터 있었던 좀처럼 해치워 버리기 곤란한 견고한 울타리가 세워졌다.

우리가 이사를 온 직후, 밥은 자기 앞마당을 같이 쓰지 않겠냐고 제안했다. 계약서에는 앞마당과 관련된 조항이 없었지만 우리는 들뜬 마음으로 그 제안을 받아들였고, 그때부터 울타리가 설치된 자리에 우리가 고른 식물을 야금야금 심고 있다. 처음에는 식물이 관목을 다듬는 전정기에 잘려 나가지 않도록 보호해야 했지만 이제는 매달 찾아오는 조경사가 우리 마당을 알아서 피해 간다.

밥이 내게 오늘 하루는 어땠느냐고 묻길래 나는 보고서를 작성하고 있다며 우물거린다. 시들어 가는 정원 식물들 사이에서는 내가 찾아 헤매고 있는 것을 설명할 정확한 단어를 찾을 수가 없다. 연결감, 조망, 우주 비행사의 태도. 이 모든 것이 이 작은 마당에서는, 이 광장에서는, 밑단이 너덜거리는 청바지와 흰 티셔츠를 입은 밥에게는 너무도 요원해 보일 따름이다.

집으로 들어서는데 라투르의 말이 뇌리에 박혀 자꾸만 맴돈다. **우리는 저기가 아니라 여기에 있다.** 하지만 우리는 저기에도 여기에도 있는 거 아닌가? 여기에 있는 **동시에** 저기에도 있는 거 아닌가? 왜 하나를 선택해야 하지? 왜 안에서 보거나 밖에서 보거나 둘 중 하나를 택해야 하지?

집안이 조용하다. 다급했던 아침 시간을 보여 주는 증거가 사방에 널려 있다. 엎질러진 컵, 짝 잃은 양말들, 빵 부스러기가 흩뿌려진 아침 식탁이 보인다. 나는 노트북을 열어 집으로 오는 길에 구글 검색으로 발견한

TEDx 강연을 재생한다. TED 강연을 (강연자가 자꾸 이리 갔다 저리 갔다 하고 꼭 좌중을 휘어잡을 만한 말을 한두 마디 씩 던지는 통에) 그리 즐기지는 않지만 이 강연만큼은 그 냥 넘길 수가 없다. 〈조망 효과의 치료적 가치와 가상현 실〉The Therapeutic Value of the Overview Effect and Virtual Reality이라 는 강연이다.

(어두운 중발 머리에 긴장감이 서린 미소를 짓는) 심리치료 사 아나히타 네자미가 런던의 어느 작은 무대에 오르고, 포괄적인 치료를 탐구하는 과정에서 대기권 너머로 눈 길을 돌리게 된 과정을 청중에게 설명한다. 네자미는 우 리가 함께 살아가는 방식이 우리의 불안과 탐욕을 키운 다는 사실을 알게 되었다고 말한다. 두려움과 부정성이 수천 가지 형태로 현대 사회에 퍼져 나가면서 우울과 고 독을 야기한다는 것이다. 심리학자로서 네자미는 이렇 게 말한다. 우리는 이 모든 증상을 개별적으로 치료할 수도 있지만, 어째서 우리 모두가 이와 같은 벽에 부딪 히게 되었는지를 물을 수도 있다고. 그러면서 잠시 말을 멈추고 청중을 바라본다. "분열." 나는 고요한 거실에서 혼자 중얼거린다.

네자미는 우리가 모든 방면에서 뿌리 깊은 소외에 직면해 있다고 말한다. 사람, 일터, 그리고 우리가 살아

가는 장소와의 연결이 끊어져 있으며, 심리학자들은 개별 환자만 치료할 것이 아니라 사회 전체를 치유해야 한다고 말한다. "좀 무리한 요구이기는 하죠"라며 네자미는 웃는다.

전 세계적인 소외에 대한 해결책을 대체 어디서부터 찾아야 하는 걸까? 어쩌면 소외의 정반대가 해결책일지도 모른다. 전 세계적인 연결. 논문을 작성하던 시절에 네자미는 사람들이 결속을 경험하는 방식에 관한 과학적 이론을 참고 자료로 삼았다. 그리고 그때 대기권으로부터 멀리 떨어진 곳에서 생명의 총체적인 그물망과 깊은 차원에서 연결되는 느낌을 받았던 우주 비행사 30명의 증언과 프랭크 화이트의 연구를 우연히 접했다.

하, 프랭크 화이트라니! 마침 이번 주에 조망 효과에 대한 화이트의 다큐멘터리를 다시 찾아본 참이었다. 이번에는 새로운 무언가를, 처음 봤을 때 내가 놓쳤을지도 모르는 무언가를, 우주 비행사들이 대기권 밖에서 느낀 무언가를 대기권 안에서 느끼고 싶어 하는 사람들을 위한 일종의 지침을 건져내고 싶었다.

내가 놓친 것은 없었다. 화이트의 다큐멘터리는 우주 비행사의 태도에 보내는 찬가일 뿐 지구인에게 무언가를 제안하지는 않는다.

그러나 네자미는 지구인에게 제안한다. 네자미는 조

망 효과를 더 잘 이해하고자 우주 비행사 일곱 명과 심층 인터뷰를 진행했다. 인터뷰는 화이트 그리고 펜실베니아대학교 연구팀의 후속 연구가 도달한 결론을 어느 정도 확증해 주었다. 네자미가 인터뷰한 우주 비행사들은 처음 분열을 목격했을 때, 그리고 이내 자신이 인류, 숲, 바람, 번개 등 지구를 지구로 만드는 모든 것에 소속되어 있다는 압도적인 감각을 느꼈을 때 결속을 경험했다고 말했다. 그리고 대부분은 지금도 그런 결속감을 느끼고 있었다.

이 우주 비행사들은 화이트의 연구 대상이기도 했다. 말하자면 실험 집단의 규모 자체가 그리 크지 않다. 과학적인 관점에서 보면 조망 효과 연구는 각종 명백한 사실이 산더미처럼 쌓여 있는 매끈하게 포장된 도로가 아니라 꾸불꾸불한 길이다. 그럼에도 나는 여전히 그 꾸불꾸불한 길을 찾아 헤매고 있는 것 같다.

한편 네자미는 조망 효과에 대해 의구심을 품는다. 우주에서 지구를 한번 바라보는 것만으로는 조망 효과를 온전히 느낄 수 없다고 말한다. 네자미의 연구를 살펴보면 우주 비행사들은 우주에서 자신의 고향 행성을 더 많이 바라볼수록 더 강력한 경험을 했다. 나는 오늘 케르크라더에서 보낸 아침을 생각한다. 15분이 채 지나기도 전에 단념했던 나를, 우주 비행사와는 거리가 멀었던 내 태도를.

그런데 현실은 더 복잡미묘하다. 네자미의 강연이 끝나갈 무렵, 등 뒤에 설치된 스크린에서 카메라 렌즈가 어두운 지구 표면을 천천히 따라가는 동영상이 재생된다. 오로라가 지평선을 따라 희미하게 어른거리다가 번쩍이는 도시 불빛에 자리를 내어준다. 이 동영상을 보고 있으면 우리가 우주 비행사들의 경험을 얼마나 쉽게 그 유명한 블루마블 사진과 연관 짓는지를 생각하게 된다. 지구를 부서지기 쉬운 작은 공처럼, 인류가 남긴 흔적이라고는 훼손과 파괴밖에 없는 공간으로 그리는 사진 말이다. 그러나 한밤의 우주에서 우리 행성 지구가 남기는 인상은 그 이미지와 판이하다. 내 눈에 보이는 광경은 인간의 존재가, 그리고 이렇게 반짝이는 무수한 조명이 지구의 야경에 생동감과 활기를 불어넣는 모습이다. 인간은 생태계의 파괴자이기만 한 것이 아니라 밤을 밝히는 존재이기도 하다.

동영상을 시청한 후 네자미는 마침내 내가 듣고 싶었던 말을 꺼낸다. 우리 대부분은 결코 대기권을 벗어날 일이 없을 테지만 "그 경험을 정말 우리 모두에게 전해주고 싶어요"라고. 네자미가 상징적인 TEDx 로고를 지나서 자신이 작업 중인 가상현실 프로그램을 설명할 때 나는 한마디도 놓치지 않을 작정으로 소리를 키운다. 그 프로그램은 여러 세션에 걸쳐 우주 비행사처럼 우주를 떠돌며 낮과 밤에 지구를 바라볼 수 있는 VR 체험을 제공한다고 한다. 치료로서의 지구 관찰이다.

런던에 모인 청중이 박수를 치고 환호하는 동안 나는 네자미의 이메일 주소를 검색한다. 저 VR 고글을 쓰고 지구를 바라보며 치료 효과를 느껴 보고 싶다. 하지만 며칠 후 연락을 해 보니 네자미는 그 프로젝트가 아직도 초기 단계에 있다고 말한다. 더 많은 연구와 시범 사업, 실험 집단이 필요하며, 프로젝트의 첫 단계를 실행할 준비를 마치는 데까지 몇 달이 더 걸릴 것이라고 한다. 고글 소프트웨어 개발이 생각보다 복잡했던 탓이다. "사용자에게 우주 비행사가 된 듯한 완벽한 경험을 제공하기 위해 언어와 음악을 어떻게 구현해야 할지를 두고 계속 실험하고 있습니다."

밖에서 밥이 누군가를 향해 외치는 소리가 들린다. 네자미가 지구인을 우주 비행사로 만드는 방법에 관한 이야기를 이어가는 동안 나는 핸드폰을 귀에 대고 창가로 걸어간다. 몇 집 건너 사는 동네 이웃 존이 앞마당으로 들어서고 있다. 두 다리 위로 그의 동그란 배가 행성처럼 떠 있다. 햇살을 받아 노란 한편 분홍빛이 감돈다. 여름 내내 앞마당에 의자를 내어놓고 흡사 광장을 공전하는 태양계의 행성들처럼 동그란 배를 드러내는 동네의 다른 많은 남자들과 마찬가지로 오늘처럼 무더운 날에는 존도 웃통을 벗고 돌아다닌다.

밥이 고개를 들어 창가에 선 나를 발견하고는 손을 흔든다. 나는 그의 눈에 비친 나를 바라본다. 아이들을 어린이집에 맡겨 두고 열에 들뜬 얼굴로 통화 중인 엄마, 밥처럼 엄연히 이 동네 사람으로 7년이나 살았음에도 여전히 불청객 같은 여자. 내 존재 자체가 표상하는 젠트리피케이션으로 고통받는 밥은 매일 아침 앞마당에서는 볼 수 있어도 내가 라테를 마시는 카페나 얼마 전 집 근처에 생긴 젊은 분위기의 예술 영화관에서는 절대 마주칠 수 없는 사람이다. 그런 밥에게 네자미와의 대화를 어떻게 설명할 수 있을까? 우주 비행사의 입장에서 지구를 보는 경험이 세계가 종말을 맞을 거라는 생각에 해독제가 되어 준다고 말하는 런던 심리치료사와의 전화 상담을 어떻게 설명할까? 네자미가 잠시 말을 멈춘 순간 밥이 다시 집으로 들어가고, 별안간 나는 그가 부엌 식탁에 놓인 핸드폰을 집어 들어 나 대신 네자미와 대화를 이어가는 상상을 한다. 이 자조 프로젝트에 대해, 우주를 통해 세상에 대한 이해를 바로잡으려는 내 시도에 대해 밥은 뭐라고 말할까? 분열에 대한 그의 해결책은 무엇일까? 밥이 삽을 들고 다시 앞마당으로 나와 목마른 화초를 그늘진 곳으로 옮기기 시작한다.

나는 아나히타 네자미에게 우주 비행사의 태도로 사회를 치유하겠다는 당신의 사명을 단 한 번이라도 의심해 본 적이 있느냐고 묻는다. 그러자 네자미는 웃는다. "그렇기도 하고 아니기도 해요. 저는 현시대의 문제는 너무 포괄적이어서 포괄적인 치료가 필요하다고 생각하거든요."

나는 입 밖으로 새어 나오려는 한숨을 참는다. 현명한 기대가 아님을 알면서도 나는 조망 효과라는 관문에 꼭 맞는 열쇠를 찾기를 바랐던 것이다.

"미친 짓이죠." 네자미가 말을 잇는다. "하지만 오늘날 우리가 살아가는 방식도 그에 못지않게 미쳐 있어요. 우리는 심리적인 질환을 개개인에 초점을 맞춘 약물과 치료법으로 치료하죠. 하지만 개인보다 훨씬 거대한 차원의 문제가 존재한다면요? 그런 질환이 우리가 이 세상과 맺은 관계에서 비롯하는 논리적인 결과라면요?"

존은 집으로 돌아가고, 밥은 정원용 호스를 돌돌 감는다. 목에 고리 무늬가 있는 작은 앵무새 무리가 광장 위로 떼 지어 날자, 줄지어선 주택을 배경으로 밝은 녹색 선이 그어진다. 네자미가 남긴 마지막 말이 내 마음을 누그러뜨린다.

내가 시작한 탐구라는 것이 바보짓은 아닐까 싶다. 그러나 데이비드 포스터 월리스가 말한 물고기를 생각하면 '바보짓'이야 말로 나에게 필요한 일일지도 모른다. 이성의 경로에서, 내가 알고 이해하는 것에서, 판에 박힌 일상에서, 우리가 헤엄치는 물에서 멀어지게 하는 길일지도 모른다. 내게는 일상의 패턴과 마음속 불안에서 풀려나 내가 있는 장소를, 이 지구를, 이 우주를 볼 수 있게 해 줄 무언가가 필요하다.

나는 도시의 2층짜리 주택에 살면서 우주 비행사의 감각을 느끼고 싶어 하는 사람에게 어떤 조언을 해 줄 수 있겠냐고 네자미에게 묻는다. 네자미는 잠시 침묵한 후 이렇게 말한다. "조망 효과가 일어나려면 경외감이 필요해요. 우주에서 지구를 바라보는 경험은 산이나 숲에서 숨 막히는 풍경을 마주하는 경험과 비슷하죠. 하지만 도시에서는 어떨까요? 저는 잘 모르겠어요. 도시에는 우리 자신보다 거대한 무언가가 별로 없으니까요. 제가 생각할 수 있는 건 고개를 들어 하늘을 올려다보는 것뿐이네요. 어둠 속의 빛, 별이 빛나는 하늘을요."

별 없이 항해하는 우주 여행자

늦은 저녁 시간이다. 하늘은 맑고 열기는 한풀 꺾였다. 데이비드는 광장 반대쪽에 새로 생긴 동네 카페 테라스에 앉아 친구들과 시간을 보내고 있다. 경찰 단속 때 약물이 발견됐던 바 자리에 생긴 카페. 광장을 찾는 사람 중 절반은 김치 그릴 치즈 샌드위치와 고구마튀김을 손쉽게 먹을 수 있어 반색을 표하지만, 나머지 절반은 '그렇게 비싼 음식'은 무리라며 가까이 가지도 않으려 한다.

"동네가 개판이 되고 있어요." 최근 한 이웃은 새로 들어선 그 야외 카페를 빤히 쳐다보면서 불평했다. "처음엔 카두르가 사라지더니 이제 저게 들어왔네요." 나는 난처해하며 고개를 끄덕였다. 물론 그 이웃은 내가 그 카페에 앉아 있는 모습을 이미 본 적이 있고, 나도 최근 도로변의 조금 더 큰 부지로 이전한 정육점 카두르가 그립다. 몇 평 남짓한 작은 가게였던 카두르는 이 동네의 토박이며 새로 이사 온 사람이며 정말이지 모두가 만날 수 있었던 몇 안 되는 곳 중 하나였다. 그리고 채식주의

자인 내가 자주 방문한 유일한 정육점이기도 했다. 올리브 오일과 견과류를 사기 위해서였지만, 그곳의 유쾌한 분위기가 우리 사이에 존재하는 모든 차이를 중화하는 듯해서이기도 했다.

늦여름의 태양이 모습을 감추었음에도 그 열기는 여전히 광장을 에워싸고 있다. 그 바람에 아이들은 갑갑한 방에서 한참을 뒤척이다 잠들었지만, 지금이 내게는 앞마당 벤치에 콜라 한 캔을 들고 앉아서 밤하늘을 향해 얼굴을 쳐들 수 있는 시간이다. 현명한 기대가 아님을 알면서도 약간의 경외감이 찾아오기를 기대했으나 내가 느끼는 감정은 낙담뿐이다. 별을 세어 보니 열세 개가 전부고, 행성인 줄 알았던 물체는 비행기다.

이번 주부터는 밤의 어둠이 갖는 중요성을 다룬 폴 보가드의 『잃어버린 밤을 찾아서』를 읽고 있다. 『잃어버린 밤을 찾아서』는 하늘을 올려다보았을 때 입이 떡 벌어지려면 적어도 450개의 별이 필요하다고 말하는 미국 천문학자 밥 버먼을 인용한다. "사람들이 하늘을 올려다보면서 천문관에 온 듯한 느낌을 받으려면 어떤 임계점을 넘어야 합니다"라고 버먼은 말한다. "그 임계점을 넘는 순간 아주 오래된 무언가의 핵심을 건드리게 되죠. 그것이 집단적 기억이든 유전적 기억이든 인류가 생겨나기도 전부터 전해 내려오는 그 어떤 것이든 간에요.

그러니 그 임계점에 다다라야지, 조금이라도 못 미치면 아무 소용이 없습니다."

집 안으로 들어가기 전에 마지막 남은 콜라 한 모금을 마시자 밥이 현관에 나타난다. 그는 딱딱한 나무 벤치를 턱으로 가리킨다. "쿠션 필요해요?" 나는 고개를 젓는다. 그는 현관에 서서 양손을 엉덩이에 얹는다. 대화할 준비가 되었음을 알리는 자세다. 내가 예전에는 지금보다 별이 더 많이 보였느냐고 묻자 그는 고개를 끄덕인다.

"예전에는 별자리를 전부 다 볼 수 있었죠."

우리는 가만히 하늘을 응시하면서 가로등 불빛에 눈을 깜빡인다.

"이제 얼마 남지 않았군요." 밥이 무미건조하게 말한다.

존이 다가와 대화에 합류한다. 별에, 점성술에 관심이 있다고 한다. 그러면서 내 별자리를 묻고, 내가 물병자리라고 하자 만족스러운듯 고개를 끄덕인다.

"그럴 것 같았어요." 존은 자기 딸은 황소자리라고, 그래서 딸을 안 만나고 있는 거라고 말한다.

나는 가로등을 가리키며 저 불빛이 별을 가리는 것이 속상하지는 않느냐고 묻는다. 존은 어깨를 으쓱하며 말한다. "예전에는 지금보다 어두웠는데, 그때는 불량배 천지였어요. 불량배들이 동네 아이들을 괴롭히고 다녔고 밤에는 안전하지 않았죠. 그래서 시에 조명을 좀 더 설치해 달라고 요청했다니까요."

"그래서요?" 내가 묻는다. "더 안전해졌나요?"

존이 고개를 가로젓는다. "어둠 때문이 아니었어요. 사람 때문이었지." 내가 이제 가로등 수를 좀 줄여도 괜찮지 않겠냐고 말하자 존이 미심쩍은 표정으로 나를 쳐다본다. "지금 어떤 세상에 살고 있는지 모르나 보군요."

집으로 돌아온 뒤에도 존이 한 말이 뇌리에 박혀 떠나지를 않는다. 사실이다. 나는 내가 어떤 세상에 살고 있는지 모른다. 하지만 이게 다 그 무수한 빛 때문 아닌가? 금성이나 북두칠성과의 관계를 고려했을 때 우리가 어디에 살고 있는지 아는 사람이 과연 있을까? 지금도 별을 보고 길을 찾는 사람이 과연 있을까? 우리 자연에 존재하는 이정표는 사실상 자취를 감추었다.

며칠 후 나는 큰애와 함께 모래언덕에 자리한 천문대로 차를 몬다. 우주에 관한 이야기를 들을 수 있는 곳인데, 오늘 밤처럼 대형 망원경으로 천체를 관측할 기회를 줄 때도 있다. 평소 아들의 취침 시간을 넘긴 때라 차에서 잠들 경우를 대비해 잠옷을 입혀 주었지만 아들은 '야간 탐험'을 한순간도 놓치지 않겠다는 결의로 뒷좌석에서 눈을 말똥말똥 뜨고 있다.

그러나 망원경을 들여다봐도 초승달의 미광 말고는 딱히 보이는 것이 없다. 희끗희끗한 머리를 동그랗게 틀어 올린 여성 안내원이 음울한 분위기의 시구를 내 아들에게 가르쳐 준다. **모든 빛나는 별 하나하나에는 보이지 않는 별 아홉 개가 있다.** 내가 얼굴을 찡그리자 안내원은 어깨를 으쓱하며 말한다. "우리는 전 세계에서 가장 조명이 많은 나라 중 하나에 살고 있어요."

옛날에는 일기예보와 흡사한 천문학 일보가 있었다고 안내원이 말한다. 매일 밤하늘에 무엇이 보일지를 신문을 통해 알 수 있었다는 것이다. 사람들은 별자리를 통해 동쪽과 서쪽을 구분할 수 있었고, 안내원 본인은 암스테르담 외곽에 위치한 집 발코니에서 은하수를 볼 수 있었다고 한다. 그는 밤새 아버지와 함께 전후의 잠든 도시 위에 뜬 별들을 바라보았다. "세대 간 기억상실이죠." 그가 말한다. "모든 세대가 이전 세대보다 적은 수의 별을 보며 자라지만, 예전에는 어땠는지 기억하지 못해요. 그러니 아무도 별을 그리워하지 않고요. 모르는 게 약이죠."

집으로 돌아오는 길, 들판 위로 가늘고 기다란 달이 떠 있다. 아들은 뒷좌석에서 끝내 잠들고 말았다. 백미

러를 보니 가로등 불빛에 비친 아들의 모습이 창백하고 반투명해 보이다 못해 다른 세상에 존재하는 듯하다. 커다란 대야에 담겨 있다가 파편으로 쪼개져 다시 하나로 뭉쳐 있었던 시절을 그리워한다는 유대 신화가 떠오른다. 들판이 산업 지대로 바뀌고, 우리는 눈이 부시도록 빛나는 풍경을 지나 도시로 접어든다. 빛에서 떨어져 나온 두 개의 파편이 집으로 돌아가고 있다.

집에 도착하니 데이비드와 작은애는 이미 잠들어 있다. 큰애를 침대에 눕힌 후 나는 빛 공해 증가에 관한 대규모 연구인 「인공적인 밤하늘 밝기가 그리는 새로운 세계 지도」를 훑어본다. 유럽을 표시한 온라인 지도에 네덜란드의 '란드스타트'(암스테르담에서 로테르담에 이르는 대도시 벨트)가 담뱃불처럼 붉게 달아올라 있다. 놀랍게도 짙은 붉은색이 띠 모양을 이루고 있는데 자세히 들여다보면 벗겨진 피부 같은 옅은 분홍빛이다. 지구상에서 가장 높은 수준의 빛 공해를 가리키는 색상 코드로 얼룩진 상태다.

　이 세계 지도에 따르면 네덜란드에서 빛 공해가 심각한 것은 서쪽에 거의 가없이 펼쳐진 온실과 항구, 네덜란드 전역에 흐르는 물의 반사, 인구 밀도 등 여러 요인이 결합한 결과라고 한다. 세계 지도를 축소하면 네덜란드는 인공조명으로 빛나는 등대처럼 보인다. 별이 부족할 수밖에 없다. 네덜란드는 지구에서 빛 공해가 가장 심각한 5개국 중 하나다. 이와 같은 빛의 과잉은 눈이 어둠을 받아들일 수 있는 능력을 저해한다. 이에 더해 빛 공해는 대기 중에 먼지 입자를 반사하는 돔을 형성해 하늘도 제대로 볼 수 없게 만든다.

세계지도를 보면 유럽인과 북미인의 99퍼센트가 빛으로 오염된 하늘 아래 살고 있다. 오늘날 이러한 대륙에서 태어나는 어린이의 80퍼센트는 단 한 번도 은하수의 장관을 온전한 형태로 볼 수 없을 것이다. 나머지 대륙도 자연적인 밤하늘의 빛을 빠른 속도로 잃고 있다. 우주선에 비유하자면 지구는 전망이 없는 우주선이고, 나는 별이 빛나는 하늘 없이 항해하는 우주인이다.

잠자리에 들기 전 나는 블라인드를 걷고 마지막으로 한 번 더 바깥을 내다본다. 눈을 찌르듯 강렬한 가로등 불이 평소처럼 내 시야를 가린다. 한 번도 경험하지 못한 밤이 그립다. 천문대에서 만난 여자 안내원은 세대 간 기억상실증을 "모르는 게 약이죠"라는 말로 냉담하게 요약했다.

아니, 나는 모르지 않고, 모르는 건 약이 아니다. 나는 전망을, 웅장함을, 경외감을 열망한다.

생태학자 카미엘 스포엘스트라와 내가 위트레흐트와 아
메르스포르트 사이에 위치한 국립공원 위트레흐처 회벨
뤼흐의 숲으로 접어들자마자 밤이 내려앉기 시작한다.
스포엘스트라의 바람막이 주머니 속 박쥐 탐지기가 탁
탁 소리를 낸다. 산책하는 내내 수차례 울려 퍼질 소리
다. 탐지기를 클릭하면 그때마다 레이더가 포착한 대상
을 설명하는 음성이 나온다. 낮게 나는 박쥐, 높이 나는
박쥐, 소심한 박쥐, 뻔뻔한 박쥐 등등.

　무엇에 귀 기울여야 할지 모르는 내게는 한쪽 귀로
흘러 들어왔다 다른 쪽 귀로 흘러 나가는 소리 풍경일
뿐이다. 내가 확실히 아는 것이라고는 저 멀리 고속도로
가 있다는 사실뿐이다.

　모래와 그늘이 드리워진 이 숲길에서 스포엘스트라
는 확실히 물 만난 물고기처럼 능란하게 움직이고, 나는
다소 어설픈 몸짓으로 그를 졸졸 따라다닌다.

　공식적으로는 아직 여름이지만 공기에 찬기가 돌아
가을 느낌이 난다. 옷을 더 따뜻하게 입었어야 했다. 이

늦은 시간에 하이킹을 하는 사람은 우리뿐이고, 곧 어둠이 찾아올 거라는 생각이 스치자 마음속에 막연한 불안감이 차오른다. 스포엘스트라는 전혀 신경 쓰는 기색이 아니다. 그는 밤 시간을 아주 좋아한다고, 어릴 적에는 모두가 잠들었을 때 몰래 밖으로 빠져나가 동물을 관찰하곤 했다고 말한다.

우리는 빛 공해로 뒤덮인 계곡이 내다보이는 숲 가장자리 부근의 모래 채석장으로 향한다. 낮의 색이 차차 희미해지면서 새소리가 대기를 가득 채운다. 스포엘스트라는 길을 안내하는 동안 새소리에 대해서도 설명을 덧붙인다.

"방금 들었어요? 찌르르르 우는 소리요!"(아메리카붉은가슴울새였다.)

"하하, 말똥가리를 위협하고 있네요!"(개똥지빠귀였다.)

"방금은 우리를 확인하러 온 거예요."(황갈색 올빼미였다.)

천문대 안내원이 나와 아들에게 들려준 그 음울한 시구가 몇 주째 머릿속에 맴돌고 있다. **모든 빛나는 별 하나하나에는 보이지 않는 별 아홉 개가 있다.** 밤하늘의 장엄함을 직접 체험할 수 없다면 간접적으로라도 체험하면 되지 않을까? 게다가 무언가가 존재하지 않는다고 해도 그것의 부재를 연구하고 그 결핍의 윤곽을 추적하는 방식으로 알아갈 수도 있지 않나.

내가 카미엘 스포엘스트라를 만나게 된 계기도 바로 그거였다. 스포엘스트라는 8년 전 네덜란드 생태연구소 대표로 네덜란드의 빛 공해에 관한 대규모 연구를 주도한 사람이었다. 그 당시의 연구 결과를 그는 지금 숲길을 따라 걸으며 내게 요약해 주고 있다.

들자하니 박새 같은 새들은 인공조명 가까이에 살 경우 조기 번식하는 경향이 있는데, 이로 인해 새끼가 태어날 때 식량이 충분하지 않은 문제가 발생한다. 가로등에서 멀리 떨어져 있어 조도가 굉장히 낮아도 새들은 여전히 노루잠을 잔다. 게다가 빛을 두려워하는 일부 박쥐는 북숲쥐나 다양한 유형의 담비와 마찬가지로 서식지를 잃고 있다.

반면 가로등의 덕을 보는 박쥐들도 있다. 빛이 곤충을 끌어들이기 때문이다. "곤충들은 빙글빙글 원을 그리며 날아다니다가 죽거나 잡아먹힙니다. 곤충 개체수가 급감한 이유는 대체로 인공조명 때문이죠."

스포엘스트라는 전 세계에서 인공조명이 현재와 같은 속도로 증가할 경우 생물종 감소에 기여할 수도 있다고 우려한다. "바다거북을 예로 들어보죠. 바다거북은 조명이 너무 밝은 해변에서 알을 낳고 있는데, 그러면

부화한 지 얼마 안 된 새끼들이 방향 감각을 잃어 쉽게 게의 먹이가 됩니다."

스포엘스트라는 빛 공해에 대한 관심이 마침내 차츰 늘고는 있지만 여전히 충분하지 않다고 말한다. 그 이유 중 하나는 지금 우리가 하는 행동을, 즉 밤중에 밖으로 나가 어둠을 찾는 행동을 아무도 하고 있지 않기 때문이다. "어둠은 우리 삶에서 추방당했습니다. 심지어 네덜란드에는 해가 진 후 숲에 들어가는 것을 금지하는 터무니없는 법도 있죠. 밤이 사라지면 우리가 잃는 것이 무엇인지조차 더는 알 수 없을 겁니다." 때로 스포엘스트라는 어떤 사명을 품은 사람처럼 느껴진다. 그는 한밤에 사람들을 숲으로 데려올 수 있으면 좋겠다고 생각한다. "하지만 저는 뼛속까지 과학자이지 활동가는 아닙니다. 그리고 밤에 할 수 있는 경험을 상실하는 것과 관련된 문제는 이걸 정량화할 수 없다는 데 있습니다."

나는 밤의 결핍이 우리의 바이오리듬에 미치는 영향을 묻기 위해 몇 주 전 로테르담의 에라스무스 메디컬 센터에 방문했던 일을 그에게 들려준다. 센터 관계자들은 쥐 떼가 교대 근무를 하는 작은 실험실로 나를 데려갔다. 쥐들은 보통 잠을 자야 하는 시간에 깨어 있었고, 보통 깨어 있어야 하는 시간에 잠을 잤다. 쥐들을 가둔 우리 안에서 금속 막대 하나가 천천히 회전하면서 아무

때나 쥐들을 깨웠다.

시간생물학자들은 쥐들이 겪은 일주기 리듬 교란이 신체에 미치는 영향을 연구했다. 그리고 톱밥과 쥐의 오줌 냄새로 뒤덮인 그 밝은 무균실에서 나는 내가 통제가 불가능한 24시간 경제 모델의 축소판에 들어와 있다는 사실을 깨달았다.

우리의 시스템을 소진하는 중단 없는 현재성. 공백의 부재.

스포엘스트라가 고개를 끄덕인다. 그는 그 연구를 이미 잘 알고 있다. 쥐를 상대로 진행한 실험에 따르면 일주기 리듬 교란은 당뇨, 심혈관 질환, 심지어 암 발병률 증가와 연관되어 있는 것으로 나타났다. 신체의 생체 시계가 교란되면 종양이 더 이른 시기에 발생하고 더 빨리 커지는 터다.

교대 근무를 해야만 만성적인 일주기 교란을 겪는 것은 아니다. 정규 근무 시간 동안 일하는 사람들도 24시간 경제의 영향을 받고 있다. 우리는 너 나 할 것 없이 너무 늦게 잠자리에 든다. 시간생물학자들은 우리가 자연적인 리듬에 따라 살 경우 더 나은 삶을 살 수 있을 것이라고 말한다. 지금보다 빛이 적은 어둠 속에서 살 경우에 말이다.

정말이지 낭만적인 소리다. 밤을 끌어안는다니. 하지만 막상 어스름이 내려앉으면 온몸에 약간의 공포가 엄습한다. 나무와 덤불의 윤곽, 길목을 비추는 스산한 빛, 멀찌감치서 사슴이 끙끙대는 소리.

모두 아름답기는 하나 왠지 모르게 마음을 어지럽힌다. 나뭇가지 하나만 떨어져도 목덜미에 털이 쭈뼛 선다. 나는 빛 공해를 걱정하고 있기는 해도 막상 인공조명이 없는 세상에 살면 밤중에 감히 집 밖에 나설 엄두조차 내지 못할 수도 있다.

"빛이 실제로 우리를 더 안전하게 만든다는 증거는 없습니다." 이런 내 생각을 들은 스포엘스트라가 말한다. "심지어 조명과 안전 사이의 연관성을 반증하는 연구도 있었고요."

그는 조명 시설이 잘 갖춰져 있지 않은 동네보다 잘 갖춰진 동네에서 범죄 사건이 더 많이 발생한다는 연구를 언급하면서 이는 단순히 조명이 밝을수록 활동량이 많아지고 그만큼 바람직하지 않은 활동량도 많아지기 때문이라고 설명한다. 나는 우리 동네 광장에 설치된 가로등을 떠올린다.

그리고 집에 도착했을 때 그 가로등을 올려다본다. 캐나다, 미국, 영국에서 수집한 데이터를 바탕으로 진행된 연구 「야외 조명과 범죄」를 살펴보면, 연구원들은 더 많은 조명 설비가 더 안전한 환경을 제공하는 경우는 오로지 사회적 통제가 갖춰져 있을 때뿐이라고 결론 내린다. 조명 자체는 오히려 범죄자에게 이로울 뿐이다. 시야가 잘 확보될수록 침입이 더 쉬워지기 때문이다.

이와 마찬가지로 도로 교통과 관련해서도 조명이 밝다고 해서 항상 도로가 더 안전해지는 것은 아니다. 간접 조명을 설치하지 않아도 교통 상황이 통제된다면 그대로 두는 편이 낫다. 사람들은 주의를 기울여야 하는 상황일수록 경계를 늦추지 않으며, 그 결과 사고가 발생할 가능성이 줄어든다.

그러나 이런 정보를 다 알고 있어도 나는 내면 깊숙한 곳에 자리한 어둠에 대한 공포를 떨쳐 버릴 수가 없다. 이는 논리와는 하등 관련이 없고 죄다 악마, 마녀, 공포 영화와 결부된 공포다. 시인이자 작가 알 알바레즈는 저서 『밤』Night에서 "어둠에 대한 공포는 본질적으로 구체적이지 않다. 어둠 그 자체처럼 어둠에 대한 공포도 형체가 없고, 우리를 휘감으며, 위협과 죽음으로 가득 차 있다"라고 썼다. 이 두려움은 내가 먼 곳을 내다보지 못하게 만들고, 내가 아는 것을 갈망하게 만든다.

"때로는 빛이 많을수록 볼 수 있는 것이 줄어들죠." 스포엘스트라가 다시 과감하게 나를 설득하려 한다. 그는 근처에 있는 나무 몇 그루를 손전등으로 비춘다. "지금은 이 나무들이 무척 선명하게 보이지만 조명이 있으면 나무 주변의 모든 것이 시야에서 사라집니다. 빛이 비추는 범위가 작으면 주변 환경이 크게 보이고 범위가 크면 작아 보이는 원리죠."

더글러스 애덤스의 SF 소설 『은하수를 여행하는 히치하이커를 위한 안내서』에 나오는 크리킷 행성은 영구적인 먼지구름에 둘러싸여 있다. 이로 인해 크리킷 거주민들은 별을 보지 못한다. 그러던 어느 날 구름이 걷히고, 크리킷 거주민들은 자신들이 우주에서 혼자가 아님을 깨닫는다. 우주가 자신들을 중심으로 돌지 않는다는 사실에 충격을 받은 그들은 단 하나의 대응 방법만 떠올린다. 우주를 상대로 전쟁을 선포하는 것이다.

별이 빛나는 밤이 사라지면 지구 거주민들은 어떤 영향을 받을까요? 시야가 좁아지면 사고의 범위도 줄어들까요? 우주를 향해 나 있는 창이 끊임없이 안개로 뒤덮이는 바람에 주변의 광대함을 더는 느끼지 못하면 어떤 일이 벌어질까요?

스포엘스트라는 내 의문에 동의하며 고개를 끄덕인다.

우리는 목적지인 모래 채석장으로 이어지는 길을 따라 내려간다. 그새 내 눈이 어둠에 적응했다니 놀라울 따름이다. 그리고 나는 서서히 스포엘스트라가 말한 자연과 밤의 의미를 체감하기 시작한다. 모든 감각을 자극하고, 속도를 늦추게 만들고, 귀를 열게 만드는 그림자의 세계를.

일부 문화권에서는 어둠이 치유의 시간이다. 밤에만 자신의 고통과 의심과 슬픔의 전모를 볼 수 있다는 점에서 그런 문화권에서는 정확히 우리가 두려워하는 그것(한밤중 생각에 잠겨 잠 못 드는 시간)이 권장된다. 그리고 그래야만, 그것들을 보아야만 다룰 수 있다. 그리고 그것들을 다루지 못하는 사람은 변할 수 없다. 폴 보가드는『잃어버린 밤을 찾아서』에서 밤의 영적 중요성을 설명하는 이로쿼이 부족의 말을 인용한다.

밤이 있기에 지구가 쉴 수 있습니다. … 밤이 있기에 우리는 시공간 너머로 영혼을 보낼 수 있고 … 우리가 다른 세계로, 과거와 미래의 다른 시간으로 건너갈 수 있는 것도 밤 덕분입니다. 우리는 꿈을 통해서만 낮에 보이는 우리 모습이 전부가 아니라는 사실을 자연스럽게 받아들일 수 있습니다. 우리는 결코 혼자가 아니며 밤을 통해 우리의 위치를 올바른 관점으로 바라보는 한, 육신에 갇힌 존재가 아닙니다.

우리가 별을 보는 시야를 잃어버린 탓에 미래를 보는 시야도 막혀 버렸다고 말할 수 있을까? 일상의 번잡함, 스트레스, 인공조명에 매 순간 잠식된 통에 느리지만 확실하게 지금 여기에서 한없이 되풀이되는 이 광적인 현실 말고는 아무것도 상상할 수 없게 된 걸까? 서로의 차이를 누그러뜨릴 수 있는 어둠이 더는 존재하지 않아서 더 많은 단절을 경험하고 있는 걸까? 서로를 가르는 경계가 보이지 않게 만들고, 숨통을 틀 수 있게 하고, 대낮에는 너무도 단호한 태도로 맞서게 되는 모든 것으로부터 한발 물러설 수 있게 하는 어둠이 없어서 그런 걸까?

길이 갑자기 다른 방향으로 꺾이고 우리는 머잖아 계곡의 *끄트머리*에 다다른다. 발밑에는 페이넌달과 에데 마을이, 즉 두 개의 빛의 등대가 자리해 있다. 자동차 헤드라이트가 강물처럼 흐르는 A12 고속도로가 두 마을 사이에서 반짝인다. 그 너머의 언덕 위에 뜬 구름은 아르헨 시내 불빛을 반사해 은은한 분홍빛을 띤다. 어둠 속에서 한 시간을 보내고 났더니 이렇게나 많은 빛의 광경이 다소 충격적이기까지 하다.

나는 스포엘스트라에게 이만한 양의 빛이 숲속에 사는 동물들에게 얼마나 치명적이냐고 묻는다. "몹시요." 그가 말한다. "연구를 해 보니 박새들은 밤에 아주 적은 양의 빛에만 노출되어도 안절부절못했어요. 그러니 이 정도 조명에서는 얼마나 큰 영향을 받을지 쉽게 짐작하실 수 있겠죠."

나는 계곡 위로 펼쳐진 하늘을 바라본다. 대체로 맑지만 여전히 별이 많이 보이지는 않는다. 천문학자 밥 버먼이 밤하늘의 아름다움에 압도당하기 위해 필요한 별의 개수라고 말한 450개는 확실히 아니다.

생태학자 스포엘스트라와 나는 인근 두 마을을 밝히는 은은한 빛을 침묵 속에 바라본다. 박쥐 탐지기조차 어느샌가부터 조용하다. 스포엘스트라가 한숨을 내쉰다. 나는 어떻게 해야 할지 묻는다.

"법안이 필요합니다"라고 그가 말한다. "하늘을 밝히는 빛의 최대 비율을 제한하는 슬로베니아처럼 말이죠. 우리가 사용하는 빛의 색상과 관련해서도 더 나은 선택을 해야 해요. 대강 말씀드리자면, 빛이 푸를수록 더 많은 피해를 야기하거든요. 붉은 빛이 환경에 미치는 영향이 훨씬 덜해요. 집에서 조명을 끄는 것도 도움이 되지만 공공장소와 온실의 조명을 줄이는 것이 진정 효과적인 방법입니다. 공공장소를 밝히는 조명의 상당수가 불필요하다는 사실을 지방 의회에서 인지해야 하는 거죠."

나는 디지털 기술을 활용해 도시의 스카이라인을 빛

공해 없는 선명한 밤하늘과 합성한 프랑스 사진가 티에리 코헨의 작품을 떠올린다. 숨이 턱 막히도록 놀라운 그의 도시 풍경 사진에서는 건물들이 별 속으로 녹아든다.

"어쩌면 가장 큰 문제는"이라고 스포엘스트라가 말한다. "조명이 너무 저렴하다는 걸 겁니다. 우리는 LED 조명의 경우 광원이 집중되어 있어 빛이 잘 분산되지 않으니 좋은 해결책이 될 거라고 생각했지만, 지금까지 우리가 한 일은 LED 조명이 헐값이라는 이유로 더 많은 LED 조명을 설치한 것뿐입니다. 조명을 끄게 만들 만한 경제적인 유인이 없는 거죠."

스포엘스트라에게는 아이가 셋 있는데 다들 은하수를 한 번도 본 적이 없다. "여름이면 어두운 곳으로 캠핑을 가는데 밤이 너무 짧아서 별이 보이기 시작하기도 전에 잠들어 버리거든요. 그리고 겨울에는 여기에, 은하수가 보이지 않는 이곳에 있고요."

박쥐 탐지기가 난쟁이 박쥐의 규칙적인 찌르륵찌르륵 울음소리를 포착한다. 난쟁이 박쥐는 빛이 유인하는 곤충을 먹이로 삼기 때문에 빛의 덕을 보며 성장하는 종에 속한다. 우리는 잠시 모래 채석장 변두리에 서 있다가 다시 숲으로 들어간다. "참 끔찍한 일이에요." 스포엘스트라가 중얼거린다.

집으로 돌아오니 작은애가 소파에 앉아 〈다이노트럭스〉Dinotrux를 보고 있다. 이게 무슨 상황인지를 묻는 내 눈빛에 데이비드는 어깨를 으쓱해 보인다. "안 자겠대." 텔레비전 화면에서 한시도 눈을 떼지 않는 작은애는 내가 집에 돌아왔다는 사실도 알아차리지 못한 듯하다. 두 아들이 공룡에 집착하기 시작했을 때 나는 이 멸종 파충류가 아이들을 이토록 매료시키는 이유가 무엇인지 검색해 보았다. 이에 대해서는 수십 가지 해석이 존재했는데 가장 그럴듯했던 것은 몸집이 작은 아이들에게 공룡이라는 존재는 나이가 무척 많고 몸집이 무척 커다란 어른을 상징한다는 해석이었다. 그러나 화면을 뚫어져라 응시하는 두 아들의 모습을 지켜보다 보면 때로는 동물들이 아이들의 작은 파충류 뇌¶에 있는 무언가를, 선사시대부터 이어져 내려오는 동질감 같은 것을 자극하는 게 아닐까 싶어진다. 나는 플라스틱 공룡알로 작은애를 소파에서 침대로 유인하고, 아이는 마침내 잠에 빠져든다. 아기 티라노사우루스를 품은 작고 포근한 포식자가 작은애의 손아귀에 꽉 붙잡혀 있다.

¶ 체온 조절, 숨 쉬기, 맥박 조절, 먹기, 잠자기 등 생명 유지에 필수적인 역할을 하는 뇌간을 가리킨다. 이 뇌의 구조와 기능이 생존에 필요한 행동만 하는 파충류와 닮았다는 이유로 흔히 '파충류의 뇌'로 불린다.

저녁 산책 시간을 회상해 본다. 어째서 밤이 사라졌
는데 아무도 알아차리지 못할 수 있는 거지? 데이비드
가 아래층의 등불을 끄는 동안 나는 침대에서 구글을 켜
고 '별 없는 세상'을 검색한다. 첫 번째 검색 결과는 네
덜란드 철학자 호베르트 데릭스의 2013년 스릴러 소설
『살해당한 별들』Sterrenmoord이다. 한 유튜브 영상에서 데
릭스는 밤이 가진 매혹과 사라지는 어둠의 비극을 설명
한다.

철학자라면 밤의 상실에 대해 어떤 말을 할 수 있을
지 궁금해진 나는 며칠 후 그에게 전화를 걸어 질문을
던진다. 데릭스는 우리가 역사의 일부를 잃고 있다고 말
한다. "인류는 존재하기 시작한 이래로 하늘을 올려다보
며 살았습니다. 별자리는 인류가 가진 가장 오래된 전설
을 상징하죠. 수천 년 전 인류는 밤하늘에서 패턴을 인
식했고 빛의 점들에 가상의 선을 그었습니다. 우주는 인
간 상상력의 주요한 원천 중 하나입니다. 과학의 원천이
기도 하지요. 우주cosmos라는 단어가 '질서'를 의미하는
것은 우연이 아닙니다." 그러면서 그는 우리가 이러한
원천으로부터 소외되고 있다고 말한다. "수천 년 동안
인간종은 하늘을 올려다보며 살았고, 별에서 위안과 경
이를 발견했습니다. 그런데 지금은 우리가 그런 광경으
로부터 자기 자신을 단절시킨 첫 세대라는 생각이…" 무

엇보다 중요한 것은 연결입니다, 라고 데릭스는 말한다. 자연과의 연결, 역사와의 연결, 같은 별을 올려다보았던 우리 이전 세대 사람들과의 연결. 이러한 인식은 우리를 중요하게 만드는 동시에 하찮게 만든다. 전화를 끊기에 앞서 그는 "이에 대해 페소아는 아름다운 시를 남겼습니다"라고 말한다. "우주의 위대함과 무無에 대해서요."

데릭스와 통화를 마친 후 나는 그 시를 찾아낸다. 페소아는 작은 마을의 언덕 꼭대기에 위치한 집에서 바라본 너른 하늘의 풍경을 묘사하면서 인간의 크기는 신체의 키가 아니라 시야의 범위를 기준으로 정해진다고 말한다. "나는 내가 볼 수 있는 것만큼 크다." 그러므로 건물들이 광막한 하늘을 가리는 도시에서의 삶은 우리가 볼 수 있는 시야의 범위를 제한함으로써 우리를 쪼그라뜨린다. 그리고 시인 페소아가 결론 내리듯, "우리가 가진 유일한 재산은 보는 것"이기에 우리는 가난하다.

내가 지구인일 뿐만 아니라 우주인이기도 하다고 느끼게 해 주는 새로운 구상과 연구, 사람, 장소, 책, 영화, 사진, 생각 사이를 두 달째 정처 없이 배회하고 있다.

별을 볼 수 없기에 미국 항공우주국(NASA)과 ESA 뉴스레터를 구독하며 스펀지 같은 심장을 가진 무지갯빛 혜성에 관한 글과 목성의 위성 중 하나에 생명체가 존재할 가능성에 관한 글을 읽는다. 다양한 망원경의 소셜 미디어 계정을 팔로우하고, 혜성과 블랙홀에 관한 팟캐스트를 듣고, 어느 항공우주 엔지니어와 미래의 화성 식민지에 대해 이메일을 주고받기도 한다.

기상청의 일기예보를 꾸준히 확인하는 것에 더해, 휴가철 비 소식이나 안개가 집어삼킨 고속도로보다는 불꽃과 플라스마 폭풍에 대해 보도하는 기상학자 태머타 스코브의 우주기상예보를 시청한다. 스코브 뒤로 펼쳐진 화면에는 내륙의 고기압 이미지가 아니라 소용돌이치듯 이글거리는 태양의 표면이 보인다.

스코브의 우주기상예보는 항공 산업처럼 태양과 지

구 사이의 조건에 영향을 받는 분야를 위한 것이다. 그러나 대체로 내게 스코브의 예보는 지구가 태양계의 일부이며 다른 행성들 사이에 존재하는 행성이라는 도무지 믿기 어려운 사실을 상기시키는 역할을 한다. 우리가 어디에 있고 우리가 누구인지를, 우리가 헤엄치고 있는 물을 일깨워주는 것이다.

최근까지도 나는 내가 찾고 있는 것의 이름을 알지 못했다. 무얼 찾고 있느냐고 묻는 친구들에게 '지구 조망 효과'라고 말하곤 했는데, 그게 무엇인지 설명을 하다 보면 멈칫하게 되었다. 내가 마치 소수의 사람만 지구 궤도에서 경험한 것을 지상에서 모방해 보겠다고 달려드는 사람처럼 느껴졌기 때문이다. 나는 그와 유사한 경험을 갈망하지만 지상에서 체험하기를 원한다. 똑같은 종류의 경외감을 두 발을 지표면에 단단히 내디딘 상태로 느끼고 싶은 것이다.

연신 우왕좌왕하며 이 갈망을 가장 잘 전달할 수 있는 표현을 찾아 헤매던 중 나는 지난주에야 빌 판 덴 베르켄의 저서 『별부스러기로 만들어진』^{Uit sterrenstof gemaakt}을 읽었고 그 책 속에서 적합해 보이는 용어를 발견했다. **우주론적 인식**이었다. 판 덴 베르켄은 이를 "우리가 불가해한 우주에 속한 하나의 행성에서, 통계적으로 보면 무시해도 될 만큼 하찮은 행성에서 살고 있다는 심오한 인식"으로 설명한다.

어느 쌀쌀한 목요일 아침, 빌 판 덴 베르켄은 위트레흐트대학교에 위치한 연구실에서 커피와 케이크로 나를 맞아 주었다. 내가 그를 찾은 이유는 우주론적 인식이 그의 생각과 행동에 미친 영향을 더 자세히 알고 싶어서였다. 그는 내가 케이크를 한 입 먹기도 전에 설명을 시작한다. 그러면서 우주론적 인식이 일상을 색다른 관점으로 보게 해 주었다고, 동료 지구인들도 그 관점으로 일상을 볼 수 있기를 소망한다고 말한다.

"만약에 모든 사람이 자신이 진정으로 어떤 존재이며 어디에 있는지를 아는 상태로 하루를 시작한다면, 만약에 생명체가 출현하는 데 필요한 자연적인 힘과 상황의 미세한 조정을 계속 인식한다면, 만약에 빅뱅이 조금이라도 늦게 발생했다면 모든 것이 폭발했을 것이고 조금이라도 빨랐다면 원자가, 즉 물질이 형성되지 못했을 것임을 안다면, 만약에 이 모든 일이 얼마나 있을 법하지 않은 현상인지를 진정으로 이해한다면, 그러면 우리가 서로를 그리고 이 행성을 더 잘 돌보지 않을까요?"

순간 그의 책에 제시된 터무니없는 숫자가 떠오른다. 지금과 같은 우주가 형성될 확률, 즉 $(10^{10})^{123}$분의 1, 소수점 이하 영점이 수십억 개에 이르는 확률.

만약에 공간이 3차원이 아니라 4차원이라면, 만약에 전자의 질량이 지금과 정확히 같지 않다면, 만약에 전자 기력이 더 약하고 중력이 더 강하다면 우리는 존재하지 않을 것이다. 만약에, 만약에, 만약에. 이렇게 터무니없는 우주론적 균형 잡기가 우리 삶을 지탱하고 있다.

판 덴 베르켄이 커피잔에 커피를 채운다. "우리가 사는 장소에 경외감을 느끼게 된 후부터 저는 삶을 다른 방식으로 경험하고 있습니다." 그가 말한다. "상황을 보다 넓은 관점에서 볼 수 있게 되죠. 특히 정치적인 광기를요. 우리가 우리 자신 그리고 다른 사람들 사이에 그어 놓은 모든 선은 무한한 우주에서 우리가 놓인 위치에 비추어 보면 어처구니없을 따름입니다."

상황을 보다 넓은 관점에서 바라볼 때 뒤따르는 것은 바로 **가벼움**이다. 여기, 작은 부엌 식탁에서 유성에 관한 글을 읽거나 우주기상예보를 보고 있으면 마음이 요동치는 기분이 든다. 지구에서 일어나는 그 어떤 일보다 월등히 거대하고 복잡한 것을 연구하면 일상이 조금은 더 질서정연하고 관리하기 쉬운 것처럼 느껴진다. 만약에 우리가 얼음장처럼 차갑고 칠흑처럼 어두운 우주에서 살아남을 수 있다면 분명 양극화된 이웃 간의 격차를 줄이고, 힘을 합쳐 기후 변화에 맞서고, 수백만 명의 난민에게 새로운 보금자리를 찾아줄 수 있지 않을까?

그러면 사실상 우리는 뭐든 할 수 있는 거 아닐까?

우주론적 인식은 우리가 얼마나 작고 운 좋은 존재인지를 일깨운다. 하지만 그와 동시에 우리를 더 거대하고 강인한 존재로 만들어 준다고도 할 수 있지 않을까? 우주론적 인식은 우리가 이 장대한 세상의 구조에서 얼마나 하찮은 존재인지만이 아니라 얼마나 특별한 존재인지도 보여 준다. 판 덴 베르켄이 우주에 존재하는 수십억 개 태양계에 대해 말하는 동안 나는 그를 바라보며 생각한다. 커피잔을 든 신학자, 그리고 이와 대비되는 영원을. 우리는 우주론적 인식을 발전시킬 수도 있고 무시할 수도 있다. 근육처럼 단련할 수도 있다. 그리고 근육처럼 단련을 하지 않으면 우주론적 인식은 쇠약해질 수도 있다. 인식은 정적인 대상이 아니라 지속적인 과정이다. 그러므로 우주론적 인식은 우주에 주의를 집중하는 문제다. 그리고 판 덴 베르켄은 우리가 성취할 수 있는 바를, 우주 비행사의 태도에 근접한 세계관을 보여 준다.

판 덴 베르켄과의 만남이 끝나고 한 주가 지났을 때 나는 다시 연구와 책, 사진, 영화에 몰두한다. 온갖 자료를 샅샅이 뒤지지만 무언가에 주의를 기울이려면 집중력이 필요하다. 그런데 나의 탐색에 결여된 것이 바로 그 집중력이다. 한량없이 펼쳐진 인터넷 세계에서 나는 탭과 탭을, 창과 창을 연달아 열어 본다. 타임라인, 이메일, 스트리밍 강의로 머릿속이 뱅글뱅글 돈다. 우주에서 지구를 바라보는 우주 비행사들에게는 식은 죽 먹기일 것이다. 어디에 주의를 기울일지 선택할 여지가 많지 않기 때문이다. 그러나 지구에서 우주를 바라보는 것은 다른 문제다. 내 관심은 행성, 성운, 초신성을 정신없이 오가지만 그중 어느 하나에도 머무르지 않고 스쳐 지나갈 뿐이다. 전부 다 내게는 요원하게만 느껴진다. 내게는 디딤돌이, 출발점이 없다.

어느 날 저녁 나는 두 아들에게 그림책『달을 따다 줄게』Bringing Down the Moon를 읽어 준다. 두더지가 잔디가 깔린 언덕에 서서 하늘에 뜬 "저 반짝이는 것"을 신기하게 쳐다본다. 두더지는 "폴짝 뛰어서 따와야지"라고 말한다. 두 아들은 굴 파기에 특화된 발을 하늘로 뻗는 어리석은 두더지를 보며 웃는다. "넌 못해!" 작은애가 책 속 삽화를 보며 소리친다. 책장을 넘기니 토끼가 두더지에게 현실을 일깨운다. "절대 해내지 못할 거야. 보이는 것만큼 가깝지 않거든." 결국 두더지는 포기하지만 책의 후반부에 이르면 또다시 달을 발견한다. 그런데 이번에는 물웅덩이에 비친 달이다. 손에 잡히지는 않아도 상상했던 것보다 더 가까이에 있는 달.

"달은 공룡이 살던 시대보다 더 멀리 있는 거야?" 큰애가 묻는다. 여전히 그 그림책에 몰두해 있는 나는 건성으로 고개를 끄덕인다. 우주 비행사와 조망 효과에 관한 (거리가 친밀감을 유발한다는) 연구, 심리학자 아나히타 네자미의 연구, 그리고 지구에 있는 우리를 위해 VR 고글로 그 조망 효과를 재현하고자 하는 네자미의 목표가 떠오른다. 조망 효과를 최대한 그럴듯하게 경험하는 방법에 대해 네자미가 한 말도 생각난다. 인류보다 더 대단한 무언가를 통해 기꺼이 경외감을 느끼라는 말. 고개를 들어 별을 보라는 말. 내 탐구가 실패한 이유는 여기에서는 (심지어 천문대에서도) 거의 보이지 않는 별을 찾으려 했기 때문이었다.

왜 달을 간과했을까? 당연하게 여겨서? 진작 떠올렸어야 했는데! 달은 인공조명에 집어삼켜질 수 있지만, 그래도 우리 동네 광장에서도 볼 수 있다. 나는 화급히 그림책을 치우고 취침 등을 켠 후 아래층으로 내려가서 거실을 지나 발코니로 나선다. 인근 길가에 들어선 새로운 고층 호텔 위로 달이 반쯤 보인다. 나는 두더지처럼 손을 뻗어 달을 만져 보려는 충동을 억누른다. 한참을 서서 고개를 뒤로 젖힌 채 지구의 건조한 위성을 빤히 쳐다본다. 어릴 적 어느 건축 현장에서 조개 화석이 다글다글 빈틈없이 붙어 있는 백악색 바위를 발견한 적이 있었다. 다음 날 학교에 그 바위를 가져갔을 때 선생님은 "이 바위들은 분명 시추 작업을 할 때 나왔을 거야"라고 말했다. 또한 아마 수백만 년 전의 바위일 것이라고 했다. 그 바위가 내가 처음 만난 화석이었다. 첫 화석인 만큼 나는 그것을 깊숙한 과거로 이어지는 이정표처럼 소중하게 간직했다. 그런데 저 달이 그 바위처럼 마맛자국이 난 똑같은 표면을, 완전히 똑같은 색깔을 지니고 있다. 선사시대의 흔적을.

어느 가을의 일요일 오후, 나는 저명한 영국 천문학자이
자 자칭 '괴짜'인 매기 애더린 포콕의 강의를 들으러 지
하철을 타고 시내로 나선다. 새하얀 튈 드레스 차림의
애더린 포콕이 주이더커크(과거에는 암스테르담에 위치
한 교회였으나 현재는 다목적 공용 공간)에 마련된 대형 무
대에 오른다. 왼쪽 어깨에 멘 반들거리는 가방에는 은빛
달이 수놓여 있다. 런던대학교 물리학과와 천문학과 교
수로 재임 중인 애더린 포콕은 제미니 망원경과 아이올
로스 위성 제작에 참여했고, 영국 내 5개 대학교에서 명
예박사 학위를 받았으며, BBC의 장수 프로그램 중 하나
인 〈밤의 하늘〉The Sky at Night에도 출연했는데, 이러한 업
적은 그가 이룬 이력의 절반가량에 불과하다.

　　내가 읽은 어느 인터뷰에서 애더린 포콕은 달이 자
신의 삶의 경로를 결정하는 데 결정적인 역할을 했다고
말했다. 1970년대 런던에서 나이지리아인 부모 슬하에
태어난 그는 어디에도 소속감을 느끼지 못했다. 하지만
언제부턴가 늘 자기 곁에 머무는 창백한 위성을 밤마다

올려다보기 시작했다. 그가 생각하기에 달은 나를 비롯한 모두의 것이었다.

애더린 포콕은 15세에 직접 망원경을 만들었다. 그리고 그렇게 달을 좇으며 살다가 지금의 자리에 이르렀다. 말하자면 애더린 포콕의 이야기는 대담하게도 천체를 나침반 삼아 항해할 결심을 했던 사람의 이야기, 어릴 적부터 하늘을 올려다보는 행위를 통해 자기 삶의 경로를 설정했던 사람의 이야기다. 만약 우주론적 인식에 관한 강의가 존재한다면 그 강의 계획서에는 이 여성의 인생 이야기가 포함될 것이다.

애더린 포콕은 자신만의 매력으로 삽시간에 청취자를 사로잡은 다음 고속열차에 태워 질주한다. 약 44억 년 전 태초부터 시작하죠, 라고 그는 말한다. 달의 형성 과정과 관련해 가장 널리 받아들여지는 이론은 젊은 지구가 다른 행성과 충돌하면서 지구 맨틀의 일부가 산산이 조각나 우주로 튕겨 나갔고, 그 파편들이 천천히 덩어리를 이루어 달이 되었다는 것이다.

지름은 지구의 4분의 1에 불과하고, 질량은 모행성의 1퍼센트가 조금 넘으며, 지구 파편으로 구성된 종잡을 수 없는 공. 달은 형성 시점부터 지금까지 매년 약 1.5인치의 속도로, 인간의 손톱이 자라는 속도와 비슷한 속도로 느적느적 지구에서 멀어지고 있다.

애더린 포콕은 속도를 늦추지 않고 태양계가 후기 미행성 대충돌기Late Heavy Bombardment라고 불리는 시기에 접어든 5억 년 전으로 훌쩍 이동한다. 다른 천체와 마찬가지로 달도 미행성과 충돌했다. 그로 인해 달의 표면에는 우리가 오늘날까지도 볼 수 있는 분화구가 남아 있다. 달의 풍경은 그 후로 거의 변하지 않았다. 주된 이유는 달에 대기가 매우 희박해 (바람도 없고 비도 없다) 사실상 침식이 일어나지 않기 때문이다. 대기가 얼마나 희박한지 달의 대기는 대기가 아니라 **외기**exosphere로 불릴 정도다. 달에서는 온도 차도 어마어마하다. 적도의 한낮 기온은 섭씨 100도, 밤 기온은 섭씨 약 영하 114도에 이른다.

이 수많은 정보를 처리하려니 머리가 핑핑 돈다. 그렇더라도 애더린 포콕이 또다시 다음 단계로, 이번에는 고대부터 이어지는 달의 전설로 넘어갔으니 바지런히 따라가지 않을 수 없다. 한 전설에 따르면 기원전 2000년경 어느 중국 관료가 초창기 로켓에 커다란 의자를 단단히 묶어 맨 다음 직접 그 의자에 앉아서 자기 몸을 달로 쏘아 올리려 했다고 한다. 서기 150년에는 루시안이라는 로마 시리아인이 달에 관한 최초의 SF 이야기를 썼고, 17세기에는 저명한 수학자이자 천문학자 요하네스 케플러가 자신의 과학 지식을 동원해 사람들을 달로 이동시킬 수 있는 마녀에 관한 판타지를 만들었다. (케플러의 어머니가 마녀 혐의로 기소되면서 기구하게도 이 판타지는 사실이 되었다.) 애더린 포콕의 말에 따르면 달은 지구에서 환영받지 못하는 마녀와 주정뱅이, 늑대 인간 등을 보호하는 여성적 존재로 여겨졌다.

애더린 포콕의 손에 이끌려 다시 런던으로 돌아온 우리는 가족들 사이에서 '잃어버린 나이지리아인'이라고 불리는 소녀를 만난다. 영국에 뿌리내리고 있지 못하다고 느끼는 소녀, 현대의 뱃사람처럼 하늘을 바라보며 자신이 어디에 있는지 그리고 어디로 가야 하는지를 이해해 보려 분투하는 소녀다. 강연이 끝난 후 나는 애더린 포콕의 책을 구입하고, 애더린 포콕과 나는 그의 연구와 나의 탐구에 대해 짧게 이야기를 나눈다. 같이 사진을 찍어도 괜찮을지 물으니 어느샌가 그의 열 살짜리 딸이 우리 사이에 나타나 흥분이 고스란히 묻어나는 미소를 짓는다. "미치광이 셋이 나란히 서게 됐네요." 주최 측 사람이 내 핸드폰으로 우리 셋의 사진을 찍어주는 동안 애더린 포콕은 이 상황을 재미있어 하며 웃는다. 집으로 돌아오는 지하철에서 나는 그 사진을 들여다본다. 나이도 피부색도 다르지만 무언가에 매료되어 있다는 점 하나로 연결되어 있는 세 여자(그중 한 명은 발레용 스

The Secret Breathing of Earth

커트 차림이다). 정상급에 오른 과학자 옆에 수심에 찬 얼굴로 서 있는 작가와 새로운 세대를 상징하는 원기 왕성한 소녀. 감격스럽기 그지없다. 이 사진이 이토록 내 마음을 움직이는 이유는 우리가 포즈를 취할 때 애더린 포콕이 한 말("미치광이 셋"), 즉 그 찰나의 순간 우리를 동등한 존재로 만든 마법 같은 말에 있다. 각자가 지금까지 걸어온 길이 어떻든 우리는 같은 목적지를 공유하고 있다는 점에서 하나였다. 미치광이 셋은 세속적인 정체성이 아니라 서로 공유하는 관점을 매개로 결속했다.

지하철에서 빠져나오니 어둠이 내려앉아 있고, 지붕 꼭대기 너머로 떠오르는 달이 보인다. 시나브로 우리를 떠나고 있는 지구 파편 덩어리. 동료 여행자가 홀로 자기만의 길을 떠난다니, 서글픈 일이다. 문득 궁금하다. 충돌이 일어나지 않았다면 어떤 일이 벌어졌을까, 충돌 당시에 생성된 그 모든 지구의 파편이 그냥 지구의 일부로 남았다면 어떻게 되었을까. 임상층¶, 툰드라, 혹은 우리 집 앞마당이 되었을까?

나는 발코니로 나가 달을 보기 시작한다. 그러니까, **정**

¶ 숲을 구성하는 식생 중 하나. 풀이 자라는 초본층 아래에 위치한 층으로 낙엽 등 죽은 동식물의 잔해와 이끼가 존재한다.

말로 달을 본다. 달이 찼다가 이지러지는 모습을 지켜보며 변화하는 빛의 색을 감지한다. 그러고 있으니 빛이 범람하는 도시에서도 달빛이 가진 힘이 느껴지기 시작한다. 때로는 에밀리 디킨슨이 묘사한 "황금빛 턱"을 발견하기도 하고, 때로는 실비아 플라스가 "손가락 마디처럼 허옇고 무지막지하게 격정적"이라고 말한 모습을 보기도 한다.

별안간 달이 내 마음에 파동을 일으키는 밤들도 있다. 온갖 잡다한 것이 뒤죽박죽 섞인 우리 동네 하늘에 뜬 마맛자국 범벅의 달 얼굴이, 햇빛을 간접적으로 반사하는 달의 은은한 빛이 나를 감동시킨다. 먼지투성이에 눈동자에는 생기 하나 없더라도 무언가가 우리를 내려다보고 있다고 생각하면 어쩐지 위로가 된다.

어느 날 데이비드가 망원경과 달 지도를 집에 가져온다. 우리는 일제히 지도에 적힌 명칭들을 읽는다. 구름의 바다. 잠의 습지. 망각의 호수.

물론 이 세 가지 명칭은 오늘날 우리가 아는 달의 건조한 표면과 상충한다. 대체로 우리가 한때 보았다고 생각한 것을 반영하는 이름에 가깝다. 미지를 관찰하는 것은 (그리고 거기에 이름을 붙이는 것은) 어려운 일이다. 참고할 만한 기준점을 찾으려 들고, 외계의 것에 친숙한 것을 투영하기 마련이다. 불가사의한 평원과 분화구를 물로 가득 채우는 것이다.

망원경 렌즈를 통해 처음 달을 보았을 때 나는 난데 없이 좁혀진 거리감과 믿기 어려울 만큼 거친 달의 회백색 표면에 화들짝 놀라지 않을 수 없었다. 그 순간 내가 어떤 불법적인 짓을 저지르고 있다는, 무단 침입을 하고 있다는 황당무계한 생각에 사로잡히기도 했다. 마치 인간이 아무 대가도 치르지 않고 그토록 먼 거리를 여행할 수는 없다는 듯이.

그것 말고도 이상한 기분이 들게 하는 것이 있었다. 소리의 부재였다. 달에 무엇이 있든 (음파가 이동하려면 공기가 필요하니) 그 소리를 들을 수 없다는 사실은 알고 있었지만, 그렇게 코앞에서 달을 보고 있으니 어떤 소리든 들릴 것이라는 기대마저 품게 되었다. 바람 소리를. 환영하는 소리를.

18세기 중국 천문학자 왕정의(여자였다!)는 달이 아무 소리를 내지 않을지라도 "달의 중심에 자리한 무언가가 듣는 사람에게 깨우침을 줄 수는 있다"라고 썼다. 때로 바라보기는 일종의 경청하기다.

이제 닐 암스트롱이 우아하게 첫발을 내디뎠던 먼지가 자욱한 달 표면으로, 고요의 바다로 가는 나만의 길을 찾은 것 같다. 최초의 달 착륙을 위해 거행된 아폴로 11호 임무는 2019년에 50주년을 맞이했다. 불가능해 보였던 그 여정이 모든 사람의 입에 오르내렸다. 약 386,242킬로미터를 이동하는 데 과연 얼마만큼의 용기가 필요했을까. 새턴 V 로켓에 몸을 실은 세 사람, 그들이 들은 음악, NASA 관제 센터에 갖춰진 기기 등등을 소개하는 다큐멘터리와 기사가 쏟아져 나왔다. 그런데 이상하게도 달 자체에 대해 이야기하는 사람은 거의 없다시피 했다.

불가사의한 풍경이 불현듯 우리 눈앞에 펼쳐진 사건이었다. 온도가 영구히 낮아 휘발성 유기 화학 물질이 데워지지 못하고 영원히 갇혀버린 '콜드 트랩'과 그곳의 고원이 손에 닿을 듯 가까워진 사건이었다.

그런데 (우리에게는 아직 보이지 않는) 달의 반대편에 대해 아무도 이야기하지 않았다. 암스트롱과 버즈 올드린이 달의 표면에 서 있을 동안 아폴로 11호의 지휘 모듈 조종사였던 우주 비행사 마이클 콜린스 혼자서 달의 반대편으로 날아가 보았을 뿐이었다.

달의 반대편. 그곳에서 콜린스는 휴스턴 관제 센터와 연락이 두절된 채 완전히 혼자였다. 나중에 그는 그 경험을 돌이켜 보면서 아담 이후로 그토록 외로웠던 사람은 없었을 거라고 말했다.

지구 표면에 막대한 영향을 미치는 달에 대해 아무도 이야기하지 않았다니, 조수가 발생하는 이유, 거대한 만조와 간조 때 강에서 발생할 수 있는 신비로운 '조석 해일'tidal bore에 대해 아무도 이야기하지 않았다. 프랑스 천체물리학자 파투마타 케베의 『원스 어폰 어 문』La Lune est un roman에서 읽기로는 '지구 조석'이라는 것도 있다는데. 케베는 그 책에서 달의 인력에 반응하는 지구의 단단한 표면이 매일 약 30센티미터 정도 상승하고 하강하는 과정을 설명한다.

케베는 지표면 전체가 수백 마일 면적에 걸쳐 상승과 하강을 반복하는데도 인간의 눈에는 보이지 않는다는 점에서 이 현상을 '땅의 비밀스러운 호흡'이라고 부른다. 그리고 이 비밀스러운 호흡이 스토아 철학자이자 천문학자 포시도니우스가 조수를 설명하기 위해 사용한 용어인 '우주적 공감'의 일부라고 쓴다. 케베에 따르면 '공감'이란 "우리가 다른 사람, 자연, 우주 전체와 함께 느끼는 감정"이다. "공감은 존재와 사물 사이에 존재한다."

공감. '함께 느끼고 함께 경험한다'는 뜻의 그리스어에서 유래한 단어. 동기화된 상태. 지구와 달 사이에 이러한 동기화가 이루어지지 않으면 지구는 균형을 잃고 혼돈에 빠지고 말 것이다.

케베의 책을 완독한 날 저녁, 구름 한 조각 없는 하늘에 반달이 차오른다. 망원경으로 들여다보지 않아도 가까이에 있는 것처럼 느껴지는 반달은 더 이상 멀디먼 곳에 위치한 이상한 바위가 아니라 다름 아닌 우리를 가리키는 우주적 운동의 한 요소로 다가온다. 우주에서 지구를 돌아본 우주 비행사들은 지구 생명체 간의 연결성에 경외감을 느꼈다. 그리고 지구에서 달을 바라보는 나는 이 연결성이 지구의 대기에서 멈추지 않는다는 사실을 자각하기 시작한다. 새까만 밤은 공허가 아니라 우리를 계속 움직이게 하고 매일 30센티미터 이상 공중으로 끌어올리는 힘이 작용하는 광활한 공간이다.

집 앞 광장의 농구장을 내다보니 남자아이 넷이 아스팔트를 가로지르며 공을 튕기고 있다. 나는 운동화를 신은 아이들의 발 구르기에 농구장 표면이 물결치는 모습을 상상한다. 우주론적 인식을 "우리가 불가해한 우주에 속한 하나의 행성에서, 통계적으로 보면 무시해도 될 만큼 하찮은 행성에서 살고 있다는 심오한 인식"으로 요약한 빌 판 덴 베르켄의 설명을 떠올린다.

그러나 우주론적 인식은 이렇게 표현할 수도 있다. 가까이에 있는 모든 것이 먼 곳에 있는 무언가와 연결되어 있으며, 알려진 것이 알려지지 않은 것에 의해 움직인다는 인식. 우리가 밟고 있는 땅처럼 견고해 보이는 것조차 머나먼 곳의 무언가와 부단히 대화하며 비밀스럽게 호흡하고 있다는 인식.

망원경 아래서 몸을 웅크리고 있던 탓에 목에 통증을 느
낀 어느 날 저녁, 나는 블랙홀과 별의 생애 주기를 파고
든 캐나다 천문학자 리베카 엘슨의 시를 읽는다.

> 이 땅의 아무 곳에나 휙 던져진,
> 헤아릴 수 없는 사건의 생존자인 우리는,
> 지침서도 없이 변화를 만들라는 의무만 품은 채,
> 축축하고 하찮은 기적으로 태어난다.

엘슨의 시는 내 여정의 시작이 된 사진, 즉 빛의 파
편을 담은 허블 울트라 딥 필드를 촬영한 허블 망원경을
연구하던 중에 우연히 접했다.

엘슨은 허블 데이터를 연구하다 시를 쓰기 시작했
다. 어쩌면 너무나도 광막한 신비로움을 마주하기에 과
학만으로는 충분하지 않았을지도 모른다. SF 작가 어슐
러 K. 르 귄은 "과학은 외부에서 정확하게 묘사하고, 시
는 내부에서 정확하게 묘사한다"라고 쓰기도 했다.

An Answer to the Distance

어쩌다 시를 쓰게 되었냐고 엘슨에게 물을 수는 없다. 서른아홉, 바로 지금 내 나이였을 때 엘슨은 사망했기 때문이다. 하지만 엘슨의 시가 허블 망원경과 연관되어 있었기를 나는 소망한다. 허블 망원경을 통해 보이는 끝없는 전망이 사방으로 펼쳐졌기를 바란다. 엘슨이 외부 **그리고** 내부에서 전체를 이해하고 싶어 했던 것이기를 소망한다.

어느 한 편의 시에서 엘슨은 동료 과학자들에게 시를 과소평가하지 말라고 당부한다. "호기심도 결국은 정신의 일부니까요." 엘슨은 내가 읽고 싶은 내용을 썼다. 나 같은 시인이 과학자 못지않게 우주의 실체를 파악할 수 있다고 썼다. 엘슨의 말에 따르면 데이터, 설명, 사실 따위는 이해와 다르다. 이해는 주변 세상에 관심을 기울이는 행위, 영혼에 충실히 응답할 수 있을 정도로 관심을 기울이는 행위에서 비롯하는 터다. "사실은 상상력으로 이어지는 문을 열어 주는 가능성으로 기능할 때만 흥미롭다." 나는 늘 ESA의 박물관과 그 부속 실험실을 분리하고 문화와 과학을 구분하는 울타리가 무언가를 아는 사람과 모르는 사람을 나누는 선이라고 해석했다. 그런데 지금 생각해 보니 그 울타리가 정말로 무언가를 상징한다면 그건 사실과 상상력을 나누는 확고부동한 경계일 것이다. 엘슨은 그 울타리를 무너뜨리는 사람이고.

엘슨은 「우리 천문학자들」이라는 시에서 '경외감에 대한 책임'을 설명한다. 이는 경외감을 불러일으키는 우주에 대한 우리의 의무를 의미하는데, 엘슨은 한결같은 태도로 우주를 향한 열정을 표현함으로써 그 의무를 스스로 실천한다. 이것은 내가 처음 접한 정답이기도 하다. '응답-능력'response-ability 말이다.

엘슨에게 우주는 경외감을 불러일으킬 뿐만 아니라 우리 내면의 무언가를 일깨운다. 그 경외감에 응답하고자 하는 간절함을. 내가 다시 망원경 앞으로 가서 왼쪽 눈으로 달을 바라볼 때 느끼는 감정이 바로 그 간절함이다. 명확하게 응답하고자 하는 간절함. 뭐랄까, 저 먼 곳에 떠 있는 하얀 것이 내게 질문을 던지고 있는 것 같다. **어떤** 질문인지는 도통 모르겠다. 어쩌면 진짜 질문이 아니라 오로지 질문만이 만들어 낼 수 있는 일종의 공간일지도 모른다.

나는 여전히 그 기원이 불가사의로 남아 있는 달의 만과 구불구불한 홈들을 천천히 훑어본다. 망원경을 통해 무언가를 관찰하려면 치밀해야 한다. 이쪽에서 아주 조금만 움직여도 저쪽에서는 수천 마일을 훌쩍 뛰어오르는 것과 같으니까. 가끔은 아이들도 망원경 렌즈를 들여다볼 수 있게 해 주는데, 처음 달을 일견하는 순간 흥분을 자제하지 못하고 펄쩍펄쩍 뛰는 통에 결국 달은 우리 시야에서 완전히 벗어나고 만다. 그래서 나는 되도록 아이들이 잠자리에 들 때까지 기다린다.

NASA에서 발행하는 뉴스레터를 보니 달 남극 탐사 준비에 관한 기사가 있다. 지금 이 순간 NASA와 ESA는 달의 궤도를 도는 영구 우주정거장 건설을 위해 손을 맞잡고 있다. 영구 우주정거장이 완성되면 달 표면까지 이동하는 임무 착수가 더 수월해질 것이다. 나는 이스라엘과 인도가 최근 무인 달 탐사에 실패했다는 기사와 달 북극에서의 광물 채굴을 계획 중인 일본-룩셈부르크의 민간 달 탐사 로봇 개발 기업 아이스페이스ispace에 관한 기사까지 마저 읽는다.

아이스페이스처럼 달에서 광물을 채굴하려는 기업들을 나긋나긋한 목소리로 홍보하는 영상들, 미래의 달 식민지에 대한 유토피아를 선전하는 웹사이트들, 빤지르르 빛나는 로켓 사진들이 내 컴퓨터 화면을 한가득 채운다. 하나같이 동일한 메시지를 담고 있다. 바로 우리가 달에, 그것도 하루속히 가야 한다는 메시지다. 저마다 나름의 이유는 있다. 그중에는 달에 깃발을 꽂는 행위를 지구 밖에서의 영향력을 과시하는 행위로 보는 각국 정부의 정치적 허영심도 있다. 화성으로 이동하는 데 필요한 연료를 공급받고자 잠시 정차하는 로켓을 위해 달에서 수소와 산소를 채취하려는 기업들도 있다. 그리고 달을 지구의 귀로 여기는 과학자들도 있다. 우주의 전파는 달의 반대쪽(우리가 볼 수 없는 쪽)에서 더 쉽게 감지되며, 우리가 여기 지구에서 발생시키는 모든 방사선과 백색 소음으로부터 온전히 보호받는 터다.

우리 위에 존재하는 텅 빈 풍경을 연구할수록 그 여백이 얼마나 취약한지를 자각하게 된다. 달은 더 이상 한낱 자연 현상에 불과하지 않다. 이제는 정치가 펼쳐지는 장이기도 하다. 전설적인 마음챙김 구루 존 카밧진은 "어디로 가든 당신은 그곳에 있다"라고 말했다. 그러니 우리가 여기서 어떤 존재든, 우리는 우주에서도 똑같은 존재다. 더욱이 이제는 우주가 손닿을 거리에 있으니 달은 우리의 탐욕스러운 손아귀를 피할 수 없다.

충분히 있을 법한 일이다. 그런데 … 우주는 모두를 위한 것이어야 하지 않나? 그게 우주space라는 단어 자체에 내재해 있지 않나? **공간** 말이다. 『옥스퍼드 영어 사전』은 '우주', 즉 '공간'을 '모든 방향으로의 지속적인 또는 무한하거나 무제한적인 확장'으로, 그리고 '지구 대기권 너머의 광활한 우주'로 정의한다.

페르시아 스토리텔러들의 모임이라고 자칭하는 한 단체는 아폴로 11호가 발사되기 전 NASA에 편지를 보내 달 착륙 임무를 무효화해 달라고 간청했다. 달 착륙이 이 세상에 존재하는 환상을 앗아가고 말 것이라는 이유에서였다. 어디에든 일단 착륙하고 나면 더는 그곳을 동경할 필요를 느끼지 못하리라는 것이 그들의 주장이었다.

달이 사실상 누구에게 속한 것인지 처음으로 의문을 품게 된 나는 우주 관련 활동을 규제하는 국제법 체계인 '우주법'(이보다 더 빈틈없는 용어도 없을 것이다) 같은 것이 존재한다는 사실을 발견한다. 그러나 심도 있게 분석해 보면 이 우주법은 그다지 빈틈없지 않다는 사실이 드러난다. 갖가지 계약과 협약이 대체로 1967년 미국과 소련 연방이 체결한 우주 조약Outer Space Treaty에 바탕을 두고 있는 터다. 두 정치적 강대국이 우주 경쟁이라는 겨루기를 벌인 냉전 시기에 체결된 우주 조약은 우주의 상업적 이용과 이것이 수반할 문제를 예측하지 못했다.

우주 법학자 프란스 폰 데르 뒨크는 〈테헨리흐트〉Tegenlicht(정치, 경제, 사회, 과학을 다루는 네덜란드의 탐사 저널리즘 프로그램)에서 우주 관련 법에는 빈틈이 존재한다고 설명한다. 그가 우려하는 것은 채굴과 관광 사업, 잠재적인 군사적 의도, 그리고 이미 지구 주변을 떠돌고 있는 수백만 킬로그램의 폐기물이다. 우주 쓰레기에 관한 규정을 만드는 것도(제대로 치우지 않으면 언젠가는 우주로 향하는 안전한 길이 사라지리라는 사실을 모두가 알고 있지 않은가) 문제이지만, 우주를 비무장 상태로 유지하는 것도 문제다. 현재는 달에서의 군사 활동이 금지되어 있고 다들 이 규칙을 준수하고 있는지를 각국이 확인하려 들 수 있지만, 법의 언어는 일반론 뒤에 가려져 제대로 드러나지 않는다. 폰 데르 뒨크는 "1967년에는 아무도 세부 항목에 큰 의미를 두지 않았지만 이제는 그래야 한다. 규정 준수 여부와 관련해 명확한 규칙을 마련해야 한다. 일정 수준의 신뢰를 구축해야 한다"라고 말한다. 그러나 전 세계의 절반 이상이 어떤 방식으로든 우주에서 활동하고 있는 현재, 이는 무리한 목표일지도 모른다.

폰 데르 뒨크는 우주 조약이 갱신된 지 한참이 지났으며, 이 분야의 발전 속도를 고려하면 이는 시급히 처리해야 할 문제라고 주장한다. 달은 국제 수역과 더불어 '인류의 공동 유산'에 속하니까.

'인류의 공동 유산'이라니, 생각해 보면 이상한 말이다. 우리는 이렇게 도달할 수도 없는 모든 장소를 정말이지 누구에게서 물려받은 걸까? 진실이 무엇이든, 나는 다만 뭐든 눈에 보이는 족족 먹어 치우려는 우리의 욕망을 (지금 당장은) 피해갈 수 있는 망막한 물과 먼지가 존재한다는 사실이 기쁘다. 지금 당장은 말이다. 몇 년 후

An Answer to the Distance

에는 달이 다기능 급유소와 라디오 방송국이 되고 우리
는 우주가 아닌 두꺼운 쓰레기층에 둘러싸이게 될지도
모르는 일이다.

런던에 소재한 우주 측지학 및 항법 연구소에서 제
공하는 한 애니메이션 영상은 1957년부터 2015년까지
우주 쓰레기가 증가하는 장면을 보여 준다. 처음 몇 초
동안 지구는 가없이 펼쳐진 검은 바다에서 선명하고 다
채로운 색상의 대리석처럼 떠다닌다. 그러다 점점 그 검
은 공간에 작은 흰색 점들이, 즉 폐기된 인공위성, 페인
트 조각, 볼트, 뚜껑, 버려진 로켓 부품이 물밀듯 들어차
기 시작한다. 1970년에 이르면 지구의 대기는 이미 오갈
데 없이 폐기물에 갇힌 듯한 상태다. 그러나 아직 45년
이 더 남아 있다. 2015년에 이르면 영상 초반에 보였던
대리석은 곰팡이층 같은(2만 개의 우주 쓰레기인) 흰 점들
에 둘러싸여 묘연히 사라진다. 2만 개의 쓰레기 조각, 그
것은 탐사를 향한 인류의 갈망을 상기시키는 흔적이다.
그리고 이는 2015년의 일이다.

애니메이션 화면을 닫는데 바보가 된 기분이 든다.
나는 우주 여행을 줄곧 낭만적인 일로 여겼다. 광활한
신비의 공간을 여행하는 인류, 이보다 더 시적인 것도
없지 않을까. ESA의 상주 시인을 자진했던 나는 아폴로
임무의 달 착륙선과 아리안 로켓¶의 복제품에 영감을 받

앉았다. 우주를 다른 세계로, 아니 오히려 비非세계로 간주했었다. 천문학자 칼 세이건의 표현을 빌리자면 우주를 외계의 신비로운 공간, "존재가 알려지기를 기다리는 어떤 놀라운 것이 있는 어딘가"로 생각했었다. 그리고 우주 여행을 미지를 향한 갈망과만 연관지었지, 떠다니는 쓰레기와 오염을 떠올리지는 않았다. 너저분한 우주 공간은 과연 경외감을 느끼는 능력, 우리 자신을 멀찌감치 떨어져 바라볼 수 있는 잠재력에 어떤 영향을 미칠까? 냉소적이었던 천문대 직원이, 그리고 그 직원이 세대 간 기억상실증에 대해 한 말이 다시 떠오른다. 달이 내 아이들에게는, 그리고 다른 사람들의 아이들에게는 어떤 의미를 가지게 될까?

어느 날 나는 달이 계속해서 모두에게 속하는 동시에 아무에게도 속하지 않도록 보장하는 것을 목표로 활동하는 비영리단체 달 마을 협회(MVA)를 접한다. 얼핏 동화에나 나올 법한 우주 사업을 추진하는 동화 같은 조직이 연상된다. 호기심에 더해 약간의 회의감을 느낀 나는 이탈리아의 엔지니어이자, ESA의 오랜 직원이자, MVA 설

¶ 유럽 우주국이 개발한 인공위성 발사용 로켓. 1979년 12월 아리안 1 발사에 성공한 후 아리안 5까지 차례로 개발되었다.

립자인 주세페 레이발디에게 전화를 건다.

레이발디는 열정이 넘치고 말이 빠른 사람이라 가만 듣고 있다 보면 문장들이 서로의 발에 걸려 넘어지기일쑤다. 그는 우리가 너무도 쉽게 달을 대기업에 넘겨주었다는 입장이다. 우리의 자유방임주의적인 태도로 인해 채굴이나 식민지 개척 같은 문제에 대한 논의가 이루어지지 않았고, 이미 우주에서 활동 중인 기업과 조직에 무제한의 자유를 선사했다는 것이다. "달을 향한 이 광기에 제동을 걸어야 합니다!"라고 그는 격렬한 어조로 말한다. 설령 (특히) 기술적인 노하우가 전무하더라도 말이다.

달을 향한 레이발디의 사랑은 오래전에 시작되었다. 아홉 살이었을 때 그는 달에 갔다가 괴물의 습격을 받는 악당 무리에 관한 SF 소설을 쓰기 시작했다. 그 소설을 결국 완성하지는 못했지만 그가 그 집필 작업을 지금 MVA를 통해 하고 있다고 해도 과언은 아닐 것이다. 그의 소설 마지막 장에는 달이 모든 지구인을 동족으로서 화합시키는 장면이 나온다. 이것이 그가 하는 비영리 활동의 본질적인 목표다. 레이발디가 정확히 이렇게 말하는 것은 아니지만, 그의 바람은 우주를 통해 지구의 분열을 해소하는 것이다.

그가 폭포수처럼 쏟아내는 말이 나를 고양시킨다.

단지 음악적인 이탈리아 억양 때문만이 아니라 그의 이야기가 발산하는 매혹 때문이기도 하다. 레이발디, 아나히타 네자미, 빌 판 덴 베르켄 같은 사람들과 나누는 대화는 내게 늘 행복감을 준다. 그들은 한동안 이 일에 몸담은 사람들, 내가 그저 가상의 적과 싸우고 있는 것이 아니며 지구를 바라보는 새로운 관점을 모색할 때 우주로 우회해 가는 것이 비논리적인 행동이 아니라고 안심시켜 주는 사람들이다.

1879년 저명한 네덜란드 작가 물타툴리는 "달에서 보면 우리는 다 고만고만하다"라고 썼다. 레이발디도 이와 맥을 같이하는 입장을 취하지만 관점은 약간 다르다. 그는 달을 바라보는 경험이 우리 모두 동등하게 태양계의 한구석에 속해 있거나 속해 있지 않음을 상기시킨다고 본다.

레이발디는 실제 '달 마을'이 여전히 까마득한 미래라고 말한다. 달에 영구 정착하는 일은 차마 엄두도 못 낼 만큼 막대한 비용을 요구할 뿐만 아니라 우주 방사선에 장기적으로 노출되는 탓에 위험하기까지 하다.

그래서 현재 MVA는 달을 일종의 국제적인 가상 프로젝트로, 우리의 집단적 상상력을 발휘하는 수단으로 활용하고 있다. "우리 모두는 달에 대한 지분을 갖고 있습니다"라고 레이발디는 말한다. 우리가 실제로 달에 간다면 어떻게 될지를 머리를 맞대고 함께 고민해야 하며, 그러지 않으면 다국적 기업에 의해 모든 것이 결정되리라는 뜻이다. 우리에게 필요한 것은 온전히 공유되는 하나의 꿈이다. NASA가 무어라 말했건 아폴로 달 탐사는 전 인류의 꿈과는 거리가 한참 멀었기 때문이다. 전 인류의 꿈이라고 하기에 우주 비행사와 관제탑은 너무나도 백인 중심, 남성 중심, 미국 중심이었다.

MVA는 전 세계에 220명의 개인 회원, 그리고 천문관, 대학, 엔지니어링 회사를 포함한 26개의 기관 회원을 보유하고 있다. 그들은 매주 모임을 통해 달에 인류 공동체를 구성할 때 고려해야 할 모든 측면을 논의한다. 윤리와 상상력, 기술과 기회 등을.

나는 그 모임에 어떻게 참석할 수 있느냐고 레이발디에게 묻는다. 다음 MVA 모임은 부다페스트에서 일주일 후에 열리지만 꼭 참석할 필요는 없다고 레이발디가 말한다. "지금 계신 곳에서 시작하세요. 사람들을 불러 모아서 달에 대한 토론을 시작하세요. 처음에는 물론 낯설게 느껴질 수 있지만 아주 즐겁고 놀라운 경험이 될 겁니다. 대부분의 사람은 각자 어떤 일을 하건, 어떤 사람이건, 달을 올려다보고 달에 대해 호기심을 품거든요. 그리고 대부분은 우주에 대한 자신의 환상과 꿈을 나누는 걸 좋아합니다. 밤하늘을 올려다보고 거기에서 의미를 찾는 건 인류가 태초부터 해 온 일이지요."

경외감에 대한 책임을 말한 리베카 엘슨의 시가 떠오른다. 단, 시인이었을 뿐만 아니라 하버드와 케임브리지 같은 대학에서 교수로 재직한 뛰어난 천문학자였던 엘슨에게는 우주에 대해 이야기하는 것이 지극히 자연스러운 일이었다. 어떻게 하면 나사가 하나쯤 풀린 사람으로 보이는 일 없이 사람들과 토론을 시작할 수 있을까? 어떻게 하면 우주에 대한 망상으로 머릿속이 뒤죽박죽이 된 여자처럼 보이지 않을 수 있을까? "안녕하세요, 달에서 맞이할 인류의 미래에 대해 어떻게 생각하시나요?"

내 망설임을 이해하는 레이발디가 해결책 하나를 제시한다. "MVA는 평범한 사람들이 가장 가까운 이웃들과 어떤 관계를 맺고 있는지를 파악하기 위해 설문지를 제작하고 있습니다. 전 세계에서 설문조사를 실시하는 게 저희 계획인데, 아직 내용을 다듬고 있어요."

그는 시험 삼아 그 설문지를 써 봐도 좋겠다고 제안한다. 그러면 내가 MVA에 피드백을 보내는 것에 더해 토론의 물꼬도 틀 수 있을 것이라면서. 처음에 나는 그가 농담을 하는 것이라고, 곧 플랫폼 9와 4분의 3에서 만나 대형 유리 엘리베이터를 타고 달로 가자고 제안하리

라고 생각한다. 그러나 진지한 제안임을 깨달은 순간 나
또한 진지해진다. 못 할 이유가 있나? 사람들은 온종일
감기에 대해, 집값에 대해, 오해에 대해 아무 부끄러움
없이 이야기하지 않나. 그렇다면 우리가 가진 공통된 관
점에 대해 이야기하지 못할 건 뭐람?

온화하고 몹시 습한 가을이다. 미국과 호주 전역에서 대형 산불이 맹위를 떨치는 가운데 우리 동네는 폭우로 침수되었다. 강한 서풍이 창틀 틈바구니로 빗물을 밀어 넣는다. 주택 소유주 협회에서 파견한 인부는 누수 앞에 손쓸 도리가 없다. 이런 집들은 이런 날씨를 견딜 수 있게 만들어지지 않았어요, 라고 그는 말한다. 그러면서 몇 년 안에 집 외부에 투명한 방수 코팅제를 바를 계획이라고 알려 준다. 그 말을 들으니 우리 집이 마치 불투과성 막에 갇힌 배아처럼 느껴져 소름이 돋는다.

지난주 주세페 레이발디가 설문조사 초안을 보내주었을 때 나는 MVA에서 작성한 설문지를 들고 광장으로 나서 보자고 결심했다. 지금 있는 곳에서 시작하세요, 라고 레이발디는 말했다. 참 논리적인 말처럼 들렸는데, 막상 때가 되니 의구심이 고개를 쳐든다.

페리 선착장에서 천국 안내 전단지를 나눠 주는 여호와의 증인처럼 인쇄물 뭉치를 들고 서 있는 내 모습이 선하다.

갓 이사를 왔을 때라면 차라리 대담하게 뛰어들었을지도 모른다. 단, 그건 내가 주택 담보 대출을 받고 있고 공정 거래 운동화를 신는다는 사실이 우리 동네가 맞닥뜨리고 있는 문제를 정확히 보여 준다는 사실을 깨닫기 전의 일이다. 내 주변의 모든 것이 나에게 유리한 방향으로 바뀌기 전의 일이다. 비건 샌드위치를 파는 카페, 지속 가능성을 염두에 둔 옷 가게, 아트하우스 영화관 등등이 생기기 전의 일이라는 뜻이다. 섬뜩한 사실은 내가 이런 변화를 이끌어 내기 위해 무언가를 할 필요가 전혀 없었다는 점이다. 교육 수준이 높은 새로운 주민들을 충분히 모으기만 하면 저절로 이루어지는 변화, 과거에 이 동네에 있었던 것들을 희생시키기만 하면 얻을 수 있는 변화 같달까. 이 변화에는 이상한 모순이 상존한다. 내가 이 동네에 적응하기 위해 최선을 다할수록 이웃과 나 사이의 간극은 점점 더 벌어지기만 한다. 내가 눈에 띌수록 상황은 악화하는 탓에 나는 늘 상황을 개선하고 일을 추진하려 드는 습성에 휩쓸리지 않고 가급적 나서지 않으려고 애쓸 따름이다. 그러니 달에서 우리가 맞이할 공동의 미래에 관한 설문조사를 추진하는 것은 지금껏 내가 따른 이 전략과 완전히 어긋난다.

게다가 과연 내가 내면에서 작동하는 억압을 떨쳐 버릴 수나 있을지도 의문이다. 내게는 선교사나 미치광이로 보이지 않을 수 있는 맥락이 필요하다. 설문지를 들여다보았다가 광장 위 구름을 올려다보니 갑자기 이런 생각이 든다. 일상에서 언뜻 미친 짓처럼 (달에 대한 장광설을 늘어놓는 여자처럼) 보일지라도 그것이 예술 프로젝트라면 받아들여질 수 있지 않을까 하는 생각. 그렇다면 내게 필요한 것은 예술적인 느낌이 나는 표지다.

사흘 후 나는 벨기에와 프랑스 국경 바로 너머의 릴 플랑드르역에 선다. 기차역 중앙 홀 천장에 거대한 달이 매달려 있다. 케이블과 와이어로 고정된 채 역을 오가는 승객들의 머리에서 몇 미터 정도 떨어져 있는 달. 익숙하게 봐 온 색보다 푸르고, 분화구와 산맥과 바다도 실물 크기로 새겨져 있다. '달의 박물관'Museum of the Moon이라는 이 설치물은 2년 동안 세계를 순회하며 전시되고 있다. 프로젝트를 소개하는 웹사이트는 이 전시를 '우리가 공유하는 관점에 대한 사색'이라는 문구로 설명한다.

　　나는 역사 카페에서 퍼석한 크루아상을 한입 베어 문 다음 쓰디쓴 커피로 씻어내리며 단숨에 먹어 치운다. 너무 이른 아침부터 일어났더니 피로가 가시지 않아 식욕이 왕성하다. 릴은 암스테르담에서 직선 거리상으로는 그리 멀지 않지만 환승을 수 차례 하고 났더니 다섯 시간이나 걸리고 말았다. 두 국경을 가로지르는 기차 노선이 복잡하기 이를 데 없었다. 12시 30분에 도착했으니 오늘 안에 집으로 돌아가려면 늦은 오후가 되기 전에는 출발해야 한다. 집을 나서기 전, 데이비드는 나더러 미쳤다고 했다. "프랑스 북부까지 그 먼 길을 가겠다고? 그걸 하러?"

그러나 기차역을 박물관으로 변모시킨 인공 달 설치물 사진을 본 순간 나는 내가 이럴 것임을 알았다. 나는 프랑스 북부에 설치된 이 **달**을 보러 가서 이 전시 프로젝트의 일원이 되겠다고 결심했다. 박물관의 임시 경비원이 되어 우리 머리 위에 댕글댕글 매달린 천체에 관한 몇 가지 질문을 던질 작정이었다.

이론상으로는 완벽한 계획이었다. 여행자 특유의 달뜬 마음을 셈에 넣지 못한 탓이었다. '달의 박물관'은 모두가 초조하게 핸드폰이나 열차 출발 시각 표시판을 뚫어져라 쳐다보고 짐이나 아이들을 질질 끌면서 스쳐 지나가는 곳이지, 누군가의 최종 목적지처럼 보이지 않는다. 아주 잠시라도 가만히 서 있는 사람은 한 명도 없다. 카페에서조차 다들 무언가에 쫓기듯 다급하다. 스트레스에 절여진 채 플라스틱 컵에 담긴 커피를 벌컥벌컥 들이켜는 통근자들에게 대화를 청할 엄두가 도무지 나지 않는 곳이다.

그렇게 한 시간이 흐르고, 나는 여전히 카페에 있다. 카페 의자에 앉아서 고독한 달이 떠 있는 플랫폼을 향해 밀물처럼 밀려드는 여행자들을 응시한다.

나를 아연케 하는 것은 역사를 에워싼 헌병대의 존재다. 모퉁이마다 무장한 헌병이 서 있다. 달이 떴으니 박물관으로 변모해야 마땅한 공간을 헌병들이 전쟁터로 만들고 있다. 달에 최초로 무기가 착륙하는 데는 과연 얼마만큼의 시간이 걸릴까?

암스테르담 아티스 동물원의 상주 천문학자 밀로 고트옌이 말해 준 달에 꽂힌 여섯 개의 미국 국기가 생각난다. 아폴로 우주 비행사들이 꽂아 둔 그 국기들은 현재 태양 빛에 표백된 상태다. 달에 시허연 여섯 개의 '휴전' 깃발을 내건 셈이다.

아주 간혹 소수의 행인이 정말로 발걸음을 멈추고 달을 쳐다본다. 그러나 내가 코트를 들고 다가갈 채비를 할 때마다 그들이 멈춰 선 순간은 이미 지나간 과거가 되어 있고 그들은 다시 가던 길을 간다.

터벅터벅 계산대로 가서 쓰디쓴 커피를 한 잔 더 주문한다. 그러고는 다시 높다란 바 의자에 자리를 잡고 벌써 몇 번째인지도 모를 만큼 수없이 읽은 객관식 질문들을 거듭 읽는다.

지구의 기후와 환경 문제를 고려했을 때, 달에 장기적인 기반시설을 구축하는 것에 대해 어떻게 생각하십니까?

A. 지구에 필요한 기반시설을 생각하면 돈 낭비다.
B. 달의 자원을 활용해 지구의 에너지 부족과 기타 천연자원 문제를 해결할 수 있는 기회다.
C. 대체에너지 생산과 폐기물 관리 방법을 테스트하여 지구에 실현 가능한 해결책을 제시할 수 있는 기회다.
D. 기타:

나라면 어떻게 대답할까? 내가 처음 생각한 답은 A였다. 그리고 B. 그리고 C도. 그리고 물론, D '기타'도. 어쩌면 달에 기반시설을 구축하는 일은 시기상조일지도 모른다. 기반시설을 구축하기에 앞서 달이 사회와 인류에게 실제로 어떤 의미를 갖는지를 알아야 하니까. 경제적·과학적 의미뿐만 아니라 문화적·정신적 의미까지 전부 다. 기반시설이라는 말을 들으면 화성의 '운하'가 생각난다. 이탈리아 천문학자 조반니 스키아파렐리가 화성이라는 붉은 행성에 관한 과거 연구 자료를 보고 저것은 수로일 것이라고, 지적 생명체가 존재함을 암시하는 구조물일 것이라고 믿었던 그 어두운 직선들이 떠오른다. 1911년 『뉴욕타임스』 헤드라인은 "화성인, 2년 만에 두 개의 거대한 운하 건설: 우리의 이웃 행성인이 믿을 수 없을 만큼 단기간에 완수한 방대한 엔지니어링 작업"이었다. 그리고 포틀랜드의 『오리거니언』은 "화성인이 화성에 운하를 건설하다"라는 기사를 냈었다.

이는 달에서 바다를 목격한 것과 유사한 착시 현상에 불과했을 가능성이 높다. 존재하지도 않는 패턴을 보려 드는 인간의 경향. 이질적인 요소들을 엮어 하나의 서사를 구축하려 드는 인간의 충동성 짙은 성향.

통근자들의 머리 위로 높이 뜬 인공 달이 살짝 흔들리는 것 같다. 외풍 때문인가? 아니면 그냥 내가 피곤해서 그런가? 나는 2019년 4월 최초로 블랙홀 촬영에 성공한 과학자 팀을 이끈 물리학자 하이노 팔케의 인터뷰를 읽는다. 팔케는 관측 가능한 우주의 한계와 신에 대한 믿음을 말한다. 그는 과학과 신앙 사이에 무수한 유사점이 있다고, 둘 다 사물의 본질을 이해하기 위해 분투한다고 말한다. 그에게 영원한 우주란 그가 신이라고 부르는 존재에 대한 은유다.

팔케와의 인터뷰는 대체로 신학에 관한 것임에도 신학이 아닌 과학 지면에 실려 있다. 그제야 나는 우주에 관한 논평이 얼마나 한쪽으로 치우쳐져 있는지를 감지하기 시작한다. 우주에 관한 뉴스는 때로는 신문 1면을 장식하고 때로는 국제 소식으로 다뤄지지만, 대부분은 지금처럼 과학 지면에 실린다. 그러나 우주 여행은 문화, 정치, 철학의 문제이기도 하다.

철학자 한나 아렌트는 『인간의 조건』 서문에서 현대 세계의 복잡성을 보여 주는 한 사례로 1957년 스푸트니크 발사를 언급한다. 우리는 갖가지 중대한 일을 과학자, 공학자, 정치인에게 맡기고 있다. 그 일들이 우리 같은 '보통' 사람들이 감당하기에는 너무 복잡해졌기 때문이다. 한나 아렌트의 말에 따르면 인류가 우주 정복을 통해 성장할 수 있을지 여부는 우리가 우리의 이야기와 우리의 언어 속에서 우주와 얼마나 연결되어 있는지에 달려 있다. 인류가 첨단 과학을 통해 우주와 가까워지기는커녕 더 소원해진다면 이득은 없고 손실만 남을 것이다. 아렌트는 어떤 사안이 공론장 바깥으로 밀려나면 사람들의 관심사에서도 멀어진다고 말한다. 아렌트가 지금 이 기차역에 있는 나를 본다면 어떤 말을 할까? 우주를 계속 공론장 안에 두어야 한다는 말이 이런 행동을 의미했을까? 아렌트라면 이 인공 달 아래에서 보속을 늦출까?

검은 머리칼을 똑같이 한쪽으로 묶어 올린 한 여자와 어린 소녀가 손을 맞잡고 걷다 말고 제자리에 멈춰 서서 위를 올려다본다. 여자가 손으로 무언가를 가리키자 소녀의 시선이 여자의 검지손가락을 따라간다. 나는 스툴을 뒤로 밀고 자리에서 일어나 설문지를 가방에 내팽개치듯 쑤셔 넣은 다음 냅다 중앙 홀로 나선다.

하지만 두 사람은 이미 떠난 후다. 그때 핸드폰 진동이 울린다. 문자가 하나 도착한다. 오늘 애들은 누가 데리러 가? 마흔두 번쯤 말해도 그는 기억하지 못한다. 나는 오늘 늦어, 라고 답장한 다음 키오스크로 걸어가서 퍼석퍼석해 보이는 차가운 샌드위치를 주문한다. 왜 먹을 걸 챙겨 오지 않은 거지? 왜 그냥 가만히 집에 있지 않은 거지? 핸드폰을 보니 암스테르담으로 향하는 다음 열차가 출발하기까지 45분이 남아 있다.

나는 다시 중앙 홀에 선다. 피곤하다 못해 눈 밑이 부어올라 있고 머리칼은 헝클어져 있으며 (아침에 페리를 탈 때만 해도 온몸이 얼어붙을 듯 추웠기에 챙겨 입은) 묵직하고 두툼한 스웨터의 어깨 부근에는 콧물을 묻힌 몰골로 눈을 부릅뜬 여자가 나다. 얼마 전까지만 해도 순탄한 삶을 살았던 여자. 그러다 차차 모든 것에서 균열을, 단절을 목격한 여자.

아니, 늘 목격한 현실이다. 그래도 이런 현실을 감내

하며 살아갈 방법을 알고 있었다. 그러나 더는 아니다. 젠트리피케이션이 휩쓴 동네를 쪼개는 단절, 조금 전 내가 별다른 고뇌 없이 공모한 파괴적인 소비주의, 극우쪽으로 치우쳐 있는 현재 네덜란드 사회와 정치 풍토, 가뭄, 그리고 하나로 뭉쳐 있어야 할 모든 것이 완전히 분해되고 있다는 느낌뿐이다. 릴의 기차역을 오가는 통근자들을 귀찮게 굴면서 무작위 설문조사를 한다고 해서 이 문제를 해결할 수는 없을 것이다. 하지만 어떻든 올바른 방향으로 가고 있다는 느낌이 든다. 저기 중앙홀 천장에 매달려 있는 것이 우리가 가진 공통된 관점을 상기시키기 때문이다. 우리가 공유하는 무언가를, 그리고 우리가 공유하고 있다는 사실을 상기시키기 때문이다.

때로는 우리가 서로의 차이를 대대적으로 드러내고 자기 자신과 자기만의 정체성을 아주 세세한 부분까지 정의하는 데 너무도 능숙해진 탓에 우리를 연결하는 것들에 대해 말할 여지나 언어 자체가 존재하지 않는 건 아닐까 싶은 두려움이 엄습한다. 언어가 사라지면 그 언어에 결부된 사고방식도 함께 사라진다. 물론 쉽지 않더라도 당면한 문제들을 다루고 우리를 가르는 고통스러운 단층선을 제대로 파악해야 하지만, 눈에 보이는 것이 죄다 균열뿐이고 그 빈틈을 메울 접착제마저 다 떨어진 상황이라면 어떡해야 할까? 인류 전체와 관련된 은유를 폐기해 버린다면 우리가 하나의 고유한 집단, 우주 어딘가의 죽은 별에서 방출된 물질로 구성된 집단, 아무리 찾으려 들어도 그 어디에서도 찾을 수 없는 집단이라는 사실을 더는 깨닫지 못하게 될까?

키오스크 옆 벤치에 앉아 질긴 샌드위치를 한입 베어 물고 주변을 둘러본다. 붉은 재킷 차림의 한 남자가 중앙 홀 복판에서 걸음을 늦춘다. 그의 시선이 위로 향한다. 나는 후다닥 자리에서 일어난다. 그러나 한 발을 채 내딛기도 전에 헌병이 걸걸한 목소리로 역사 밖으로 나가라고 명령한다. 수상한 짐이 발견되어 중앙 홀을 비워야 한단다. 우리는 역사 밖으로 쫓겨나고, 꽉 닫힌 역사 문은 그 상태로 꼼짝도 않는다.

오도 가도 못 하는 처지가 된 여행자들은 아폴로 2호에 탑재된 컴퓨터보다 더 강력한 프로세서를 탑재한 스마트폰으로 전화를 걸고 초조하게 화면을 응시한다. 저 멀찍이 젊은 청년들은 가방에 든 짐을 다 꺼내 보라는 지시를 받고, 엄마들은 칭얼대는 아이들을 안아 달래고, 노인들은 얼마 되지 않는 벤치를 둘러보며 빈자리를 찾는다. 짜증이 난 배낭 여행객 무리는 자전거 도로 옆 분리대에 걸터앉는다. 경찰들은 공격적인 태세로 역사 앞을 쿵쿵 가로지른다. 모두 저마다의 사연을 품고 있다.

한 철도 직원이 다음 역까지 걸어서 이동한 뒤 거기에서 열차를 이용해 달라고 확성기로 안내한다. 군중이 터벅터벅 발걸음을 옮기고 역사 앞 광장은 이내 텅 빈다. 내 임무는 여전히 미완수 상태다.

다음 역으로 향하는 행렬을 따라가는 동안 나는 이제 설문조사는 물 건너갔다고 생각한다. 이런 상황에서는 어떤 이유로든 남들과 다른 행동을 했다간 의심을 사기 십상이다. 그랬다간 릴 플랑드르역에서 폭탄이 터졌을 때 달에 대해 지껄이며 사람들의 주의를 분산시킨 여자가 될 것이다.

다급한 발걸음으로 릴의 거리를 한 발 한 발 내디딜 때마다 마음속에서 실패감이 피어오른다. 우리가 삶을 살아가는 속도가 평범하기 이를 데 없는 대화를 시작도 못 하게 만든다는 깨달음이 밀려온다. 우리는 부랴부랴 서두르는 사람들, 있어야 할 곳에 있지 않은 사람들, 마음속으로는 이미 다음 열차에 타고 있는 사람들이다. 나는 정면을 주시하지 않는 얼굴이 하나라도 있을까 싶어 군중을 훑어보고 걸음을 늦춰 보려 하지만 다리가 좀처럼 협조해 주지 않는다. 불안은 얼마나 전염성이 강한지, 숨 막히게 답답한 지금 여기에 우리를 묶어 둔 채 얼마나 가까이 포위해 들어오는지, 그리고 어떻게 우리에

게서 미래에 대한 전망과 통찰을 앗아가는지 참 신기할
따름이다.

어느 온화한 겨울 오후, 나는 근래 광장에 문을 연 카페의 야외 좌석에서 어슴푸레한 햇살을 받으며 완두콩 후무스 샌드위치를 먹고 팟캐스트 〈해비타트〉Habitat를 듣는다. 〈해비타트〉는 (의사와 과학자로 이루어진) 여섯 명의 엄선된 구성원이 하와이의 벽지에 위치한 NASA 돔에서 마치 실제로 화성에 가 있는 것처럼 1년간 생활하는 이야기를 담은 시리즈물이다. 참가자인 여자 셋과 남자 셋은 지속적인 모니터링하에 화성 탐사 임무에서 가장 위험한 요소로 작용하는 인간 정신에 관한 장기 연구에 임했다. 수년간 다양한 우주 관련 기관이 각양각색의 지역에서 유사한 실험을 진행했지만, 〈해비타트〉 제작진은 참가자들에게 각자의 경험을 기록할 수 있는 장치를 제공했다. 그리하여 드러난 참가자들의 일상은 매일 정해진 일과를 수행하고, 각자의 신체적·정신적 웰빙에 관한 설문지를 작성하고, 공동 아침 식사에 대한 불만을 토로하는 것으로 이루어져 있었다.

참가자 가운데 두 명이 연인 관계로 발전하고, 누군

가가 챙겨 온 디저리두[¶]가 사람들의 신경을 거스르고, 뒷말과 언쟁이 오가기도 한다. 이렇게 사소하고 성가신 각종 자질구레한 사건이 벌어지는 중에 내게 인상적인 지점은 너무도 지적인 성인들이 이 1년간의 소설 같은 일상에 대단히 쉽게 순응한다는 사실이다.

그들은 화성에 있지 않다. 언제든 아무 위험 부담 없이 돔을 떠날 수 있다. 그러나 그들은 부대끼는 우주복에 대해 하염없이 푸념을 늘어 놓으면서도 마치 자신의 삶이 정말로 고된 임무 완수에 달려 있는 것처럼 감압실 안에서 고집스럽게 버틴다. 그들은 지구의 화성에 있고, 나는 환상, 약속, 꿈을 향한 그들의 헌신에 감동받고 만다.

엉망이 돼 버린 릴에서의 달 여행 이후 나는 주변 행성으로 눈을 돌렸다. 이제는 '지구와 달 사이의 공간', 즉 지구에서부터 달의 한쪽 면까지의 공간을 뛰어넘어 시야를 더 확장하고 싶다. 온갖 것을 읽고 보고 나니 인공위성과 고철 파편들로 이루어진 우주가 더 이상 '우주'로 느껴지지 않는다. 1969년 페르시아 이야기꾼들이 우리에게 경고했던 것처럼, 이제 우주로 진출한 우리는 더 이상 예전과 같은 방식으로 우주를 동경하지 않는다.

[¶] 오스트레일리아 원주민들이 연주하는 긴 피리 같은 목관 악기.

우주 비행사들이 당도했던 곳을 지나 아무도 간 적 없는 곳까지, 아직 인간이 그은 경계랄 것이 존재하지 않아 내가 지구로부터 정신적으로 벗어날 수 있는 곳까지 시야를 넓힐 수 있도록 더 멀리 물러나 볼 생각이다. 심우주를 볼 수 있을 만큼.

나의 첫 번째 심우주 목적지는 화성이다. 화성으로의 여행은 (아직 인간에게 불가능하니) 달에 가는 것과는 완전히 다른 이야기일 것이다. 태양에서 네 번째 궤도를 도는 행성인 화성에서 보는 지구는 더 이상 반짝이는 푸른 대리석이 아니라 희미한 점이다. 궤도에서의 정확한 위치에 따라 화성과 지구의 거리는 약 5,500만 킬로미터에서 약 4억 킬로미터 사이를 왔다 갔다 한다. 일단 출발하고 나면 돌이킬 수 없는 거리다.

나는 유럽 우주국 뉴스레터에서 1989년부터 시작된 ESA의 최장기 프로젝트이자 미생물 생태학적 생명 유지 시스템 대안Micro-Ecological Life Support System Alternative을 가리키는 멀리사(MELiSSA)에 관한 글을 읽는다. 바르셀로나에 소재한 멀리사 시범 시설에서는 해조류, 식물, 인간(혹은 지금까지는 쥐)이 서로의 생명을 유지하는 순환을, 더 정확히 말하자면 일종의 루프를 연구한다. 유기 폐기물을 귀중한 원료로 전환하는 집약적 형태의 이 재활용 시스템은 수개월간 지속되는 화성으로의 여정 동안 우주 비행사들의 자급자족을 가능케 한다. 심우주로의 정신적인 여행을 통해 우주론적 인식을 확장하려는 내가 보기에 멀리사는 최선의 장소인 것 같다.

그래서 나는 카페 테라스에서 바르셀로나 연구소에 이메일을 보내 견학 가능 여부를 묻는다. 직원이 접시를 치워 주고 내가 진저티를 주문하는 동안 카페에서 멀찍이 떨어진 벤치를 동네 남성 흡연자 무리가 점령한다. 그들은 낮이면 예외 없이 이곳에 모여드는데, 저녁이 되면 45미터쯤 떨어진 찻집으로 자리를 옮겨 시끄러운 음악 소리를 배경으로 밤이 깊어질 때까지 웃고 언성을 높인다.

'그들'의 벤치, 그리고 노트북으로 무언가를 하는 30대들이 들어찬 '우리'의 테라스 사이의 거리는 기껏해야 2미터 정도이지만 광년의 차이라고 해도 과언은 아닐지 모른다. 흡연자 무리 중 한 사람이 최근 몇몇 이웃과 내가 심어 둔 여름 라일락 가지를 손으로 살살 매만진다. 그 라일락은 지역 의회 보조금으로 트럭 두 대 분량의 식물을 들여올 수 있었던 덕에 전문 정원사의 감독하에 나무와 모래밭 주변에 심어 둔 식물 중 하나다. 남자는 반려동물을 쓰다듬는 듯한 손짓으로 식물을 어루만진다.

나는 그 벤치에 앉은 다섯 남자를 쳐다본다. 나까지 포함하면 우리는 심리적인 차원을 고려했을 때 장거리 우주 임무를 수행하기에 딱 알맞은 규모. 여섯 명 말이다. 유사 우주 비행사들이 몇 달 간 비좁은 공간에서 공동 생활하는 (〈해비타트〉 같은) 다양한 임무를 모의로 진행한 결과, 장기 고립에 이상적이라고 밝혀진 숫자는 여섯이었다.

또한 연구원들은 참가자들의 성격이 상호 보완적이어야 한다는 당연한 결론에 도달했다. 그러나 이러한 조화를 이루는 방법은 아직 명확하지 않다. 문화적 차이는 구성원들의 관계를 틀어지게 만들 수도 있고, 돈독하게 다질 수도 있다. 이와 관련된 모범적인 예시로는 9/11 테러 당시 국제우주정거장에 있었던 한 미국 우주 비행사의 경험을 들 수 있을 것이다. 9/11 테러 발생 후 그 비행사가 NASA에 보낸 편지를 보면 지구 자체는 의외로 별다른 의미를 갖지 못했다. 그가 편지에서 묘사한 것은 러시아 우주 비행사들로부터 받은 도움이었다. 그들은 그에게 보르쉬 요리법을 알려 주고 공감을 뜻하는 러시아어 단어를 가르쳐 주었다. 그가 그 혼란스러운 시기를 헤쳐 나가는 데 도움을 준 것은 그런 친절이었다.

친절. 친절은 우주 비행사들 사이에 어떤 공통 분모가 있느냐는 내 질문에 우주 엑스포 관장이 제시한 답변이기도 했다. "몇 평 정도밖에 안 되는 갑갑한 공간을 비집고 들어가 타인과 함께 지내야 하는 상황에서는 무엇보다 서로에게 친절한 것이 중요합니다." 그리고 친절할 수 있으려면 먼저 서로 간의 거리를 좁히고 다들 동일한 임무를 수행하고 있음을 인식해야 한다.

바르셀로나에 이메일을 전송한 후 음식값을 치른다. 30분 후면 어린이집이 문을 닫을 시간이다. 좀 전에 본 그 남자는 여전히 라일락을 어루만지는 중이다. 그 옆을 지나는 길에 나는 그에게 미소를 지어 보인다. 하지만 너무 찰나였는지 그는 내 미소를 보지 못한다.

어린이집에서 돌아오기가 무섭게 두 아들은 단걸음에 밥의 집 현관으로 향한다. 밥이 키우는 열대어가 보고 싶어서다. 내가 제지하기도 전에 현관문이 활짝 열린다. "너희들 거기 서 있는 거 다 봤단다." 밥이 말한다. "들어와요." 그를 따라 복도로 들어서면서 나는 그가 여든이 넘었다는 사실에 새삼 놀란다. 그냥 보기에는 여전히 60대 같은데, 그는 그게 다 사는 동안 고생을 많이 해서 그런 거라고 대응한다. 가난과 역경이 사람을 젊게 만들죠, 라고 그는 말한다. 가난과 역경을 겪으면 말이 되는 것과 말이 안 되는 것을 구별할 수 있게 된다는 것이 그의 지론이다. 더불어 그는 매일 타이레놀을 한 알씩 먹고 정원 일을 많이 하는 것도 비결이라고 자부한다.

나는 밥의 커다란 가죽 소파에 앉아 아이들이 수족관 한쪽에 코를 대고 있는 모습을 지켜본다. 텔레비전에서 방영 중인 게임 쇼의 말소리가 집안에 요란하게 울린다. 밥은 나에게 오늘 하루는 잘 보냈느냐고 묻고, 나는 미친 여자처럼 보이지 않으면서도 그를 내 연구에 끌어들일 방법을 고심한다. 그리고 밥이 오렌지 주스를 한 잔 따라 주는 동안 속으로 나 자신을 타이른다. 뭘 그렇게 복잡하게 생각해? 지금 여기저기 흩어진 파편 더미에서 하나의 일관된 이야기를 찾고 싶다는 말에 그렇게 이상할 게 뭐 있겠어? 그냥 해 버려!

"음…" 나는 말문을 연다. 밥이 의아한 표정으로 쳐다본다. 그런데 그때 작은애가 물고기 사료를 한 줌 집어먹고 큰애가 수족관 벽을 핥는다. 집에 가야 할 때다.

아이들이 식사 후 소파에 앉아 하루치 분량의 〈다이노트럭스〉를 보고 데이비드가 핸드폰으로 체스를 두면, 그때부터는 내가 가장 최근에 중독된 활동에 돌입할 수 있는 시간이다. 나는 노트북을 열어 화성의 일몰 사진을 찾아본다. 나를 무한히 매료시키는 사진들이다. 태양의 마지막 광선을 둘러싼 기묘한 푸른 안개, 텅 빈 하늘, 유령이 나올 듯 음산한 황혼. 나는 파노라마 사진들을 집요하게 한 장 한 장 넘긴다. 일부 사진에서는 2018년부터 화성의 내부 구조를 연구 중인 인사이트^{InSight} 탐사선의 로봇 팔이 보인다. 흡사 우주로 손을 뻗고 있는 듯한 모양새다. 지구가 그립구나, 라는 생각이 들 정도다.

일몰의 서늘한 푸른빛보다 내게 더 이상하다 싶은 것은 저렇게 멀고 먼 곳에서도 해가 뜨고 진다는 사실이다. 보아하니 나는 태양이 우리에게 속해 있다고, 오로지 우리만을 위해 빛난다는 어리석지만 뿌리 깊은 생각을 품고 있는 듯하다. 태양의 온기를 다른 행성들과 공유하고 있다니, 상상하기가 어렵다.

하지만 저기에, 외계의 하늘에, 지구에서 멀찌막이 떨어진 작은 별이 있다. 인사이트 탐사선이 촬영한 사진 아래에는 탐사 책임자의 말이 인용되어 있다. "주요 이미지 작업을 대부분 완료한 후 우리는 또 다른 세상에서 바라본 일출과 일몰을 포착하기로 결정했다."

그러니 이 이미지들은 단지 중요한 과학적 관찰의 부수적인 데이터에 불과하지 않다. 절대 그렇지 않다. 캘리포니아 제트 추진 연구소의 관제 센터는 로봇에게 주어진 업무를 수행한 후 지평선을 바라보라고 지시했다. 우리가 일과로 긴 하루를 보낸 후에 하는 것처럼 말이다. 일출을 포착하라니. 얼마나 인간적이고, 얼마나 낭만적인가. 사진들을 오래 들여다볼수록 그 안에서 사람을 발견하게 되더라도 그리 놀라지 않을 것 같다는 생각이 든다. 사진 속 풍경, 지구와의 유사성 때문이다. 모래 언덕, 협곡, 그리고 (한때) 물이 있었을 가능성을 암시하는 도랑들.

노트북에서 눈을 떼고 고개를 들어보니 가로등 빛 아래 창밖 나무들이 얼마나 부자연스러운 초록빛을 띠고 있는지가 눈에 들어온다. 그러고 있으니 동네에 새로 식물들을 심었을 때 처음에는 물을 양껏 주라고 원예 전문가가 조언했던 일이 떠오른다. 며칠간 건조했던 터다.

나는 〈다이노트럭스〉의 새로운 에피소드를 틀어 놓고 밤에게 커다란 물뿌리개 두 개를 빌린 다음 놀이터 옆 수도꼭지에서 물을 채운다.

남자들 무리가 여태 벤치를 차지하고 있다. 물을 가득 채운 첫 번째 물뿌리개를 들고 지나가는 나를 가장 먼저 알아본 사람은 라일락을 어루만지던 남자다. "도와드릴까요?" 그가 묻는다. "네, 고마워요." 그가 수도꼭지 옆에 놓인 두 번째 물뿌리개를 가지고 오더니 "멋지네요, 온통 초록이에요"라고 말한다. 우리 여섯 사람은 그렇게 15분 동안 물뿌리개에 물을 채우고 식물에 물을 준다.

물주기를 마친 후 우리는 양동이와 물뿌리개를 둘러싸고 의도치 않게 원 대형을 이룬다. 식물에 물 주기라는 간단한 임무를 맡은 여섯 사람. 라일락을 어루만지다 말고 오늘 저녁 임무를 이끈 남자가 진지하게 고개를 끄덕이기에 나도 고개를 끄덕이며 화답한다. 임무 완수다.

　집으로 돌아가는데 나를 잡아당기는 중력의 힘이 조금 약해진 듯한 느낌이 든다. 우주 비행사의 태도. 몇 시간 뒤 모두가 잠자리에 든 시간에 나는 바르셀로나의 멀리사 시범 시설을 방문해도 좋다는 초대를 받는다.

나는 멀리사 시범 시설 복도에 서서 커다란 유리 실린 더에 담긴 빛나는 녹색 물질을 뚫어져라 쳐다본다. 외계 물질처럼 보이지만 건강식품 매장에서 흔히 볼 수 있는 제품, 요즘에는 영양 보충제로 인기가 많은 스피룰리나 다. 이 미세조류는 우주 방사선에 대한 저항성이 인간보 다 400배 높은 굉장한 우주 여행 물질이다. 무엇보다 스 피룰리나는 장거리 임무에 무척 중요한 능력을 가지고 있다. 자신의 노폐물을 산소와 영양분으로 전환할 수 있 는 것이다. 우리가 화성에 갈 수 있을지 여부가 어느 정 도는 이 선사시대 유기체와의 협력에 달려 있다고 봐도 될 정도다.

　　시범 시설은 지난 20여 년간 멀리사 프로젝트의 본 거지로 쓰인 바르셀로나 오토노마대학 건물에 있다. 내 옆에서 나를 안내하는 프란세스크 고디아 카사블랑카 스는 응용 화학, 생물학, 환경 공학부 학부장이다. 우주 를 여행하는 조류에 대한 설명이 시작된 지 고작 몇 분 밖에 지나지 않았는데 내 머릿속은 벌써 질산염과 아질

산염 등등으로 어질어질하다. 고등학교 화학 시간에 배운 것을 뭐라도 떠올려 보려 하지만 아무것도 생각나지 않는다. 그러다 맞은편에 설치된 화면에서 '멀리사 루프'의 기본 모델 설명을 보고 실마리를 얻는다. 순환의 각 단계를 나타내는 서로 다른 색상의 원 여섯 개가 맞물려 있는 벤다이어그램이 내게 단초가 된다.

그 벤다이어그램과 고디아 카사블랑카스가 설명하는 내용은 우주 비행사의 유기 폐기물과 이산화탄소가 산소와 영양분으로 재활용되는 원리다. 나는 가능한 한 재빨리 손을 놀리며 필기한다. 먼저, 유기 폐기물이 박테리아와 결합하면 유기산으로 변한다. 그 후 박테리아는 방출된 암모니아를 미세조류와 식물의 광합성에 중요한 구성 요소인 질산염으로 전환한다. 그러면 스피룰리나는 우주 비행사가 내뿜은 이산화탄소를 광합성해 산소 가스로 만드는 동시에 식용 가능한 바이오매스를 생성한다. 그리고 그 결과 우리 인간은 인간으로, 음식과 산소가 생존에 필수적인 인간으로 유지된다.

곧 한 가지 사실이 분명해진다. 화성이 내가 지구로부터 정신적으로 벗어날 수 있게 도와주리라는 생각은 착각이라는 것이다. 여기 지구에 있으면 우리 자신을 자율적인 존재로 생각하기 쉽다. 우리는 살아 있는 한 먹고 마시고 숨 쉬어야 함에도 우리를 떠받치는 이러한 기본적인 요소들을 더 이상 우리 존재의 필수적인 부분으로 생각하지 않는다. 그러나 화성에 가고 싶다면 현실을 직시해야 한다. 인간은 지구 환경을 구성하는 요소 없이는 지구를 떠날 수 없다. 못해도 몇 가지 정도는 갖추어야 한다. 여정 자체에만 8개월이 소요되고, 그러니 우리는 화성에 잠깐만 머물렀다가 돌아와야 한다. 그토록 오랜 기간 식량을 운반하는 것은 불가능한 데다가 8개월이라는 기간조차 확신할 수 없다. 자급자족이 훨씬 안전하고 값싼 방법이다. 그리고 이러한 장거리 임무에서 스피룰리나는 일종의 살아 있는 심장처럼 필수적인 요소다.

오늘 이른 아침 고디아 카사블랑카스가 호텔로 나를 마중 나온 이유가 이제 이해된다. 호텔에서 실험실로 이동하는 동안 우리는 지난주 카탈루냐 지방을 강타한 대형 폭풍의 잔해인 쓰러진 나무와 널브러진 나뭇가지를 피해 걸어야 했다. 이맘때 폭풍이 오는 것은 일반적이지만 이번 폭풍은 그 강도가 가히 무시무시했다고 그는 말했다. 마을과 도시 사람들이 대피해야 했고 사망자도 발생했다. 내가 파멸을 앞둔 행성에서 탈출 경로를 연구하는 일이 마음을 편하게 해주느냐고 묻자 그는 고개를 저었다. "저희가 멀리사 시범 시설에서 하고 있는 일은 정확히 그 반대입니다. 저희는 탈출 경로가 아니라 연결성을 연구하고 있거든요. 멀리사가 우리를 어디로부턴가 멀어지게 하고 있다면 그건 인간 자율성에 대한 신화일 겁니다."

눈동자가 검고 체구가 작은 남자 고디아 카사블랑카스는 소금이나 광합성에 대해 입을 열 때마다 두 눈을 찬연히 밝힌다. 20년도 더 전에 ESA가 적절한 연구 파트너를 찾고 있었을 때 멀리사를 스페인에 유치한 사람이 바로 그다. 그는 자기 팀이 드디어 다음 단계로 나아갈 준비를 거의 마쳤다며 자랑스럽게 말한다. "곧 조류와 박테리아를 이용한 질산화와 광합성의 순환을 터득하게 될 겁니다. 그러면 식물을 이 순환에 통합시킬 수 있죠."

그렇게 되면 식물도 우주 비행사가 수행하는 장거리 임무에서 필수적인 요소가 될 것이다. 조류 광합성만으로는 충분한 영양분과 산소를 공급할 수 없는 터다. 고디아 카사블랑카스가 이끄는 팀은 우선 상추, 밀, 비트에 주목하고 있다. 궁극적으로는 인간과 스피룰리나와 긴밀한 공생 관계를 형성할 약 20종의 식물로 대상을 확대할 계획이다. 지구에서의 비건 식단 재료가 우주에서는 말 그대로 우리 삶의 동반자가 될 것이다.

지난여름에 읽은 미국 생물학자이자 철학자 도나 J. 해러웨이의『종과 종이 만날 때』에는 인간의 몸속에 인간 세포보다 박테리아, 곰팡이, 기타 단세포 종이 훨씬 많다는 내용이 담겨 있다. 이들 중 일부는 우리 생존에 필수적이고 일부는 그저 함께 공생하는 관계다. 셀 수 없이 많은 작은 생명체들이 우리를 살아 있게 하고, 또 우리가 그 생명체들을 살아 있게 한다. 해러웨이는 "하나가 된다는 것은 항상 다수가 된다는 것이다"라고 쓴다. 멀리사의 실험실에 있으면 살아 있는 인간을 정의하는 경계가 얼마나 널리 확장할 수 있는지가 분명해진다.

내가 이 상호 엮임interwovenness에 관한 생각을 말하자 고디아 카사블랑카스는 잠시 생각에 잠긴다. "맞아요, 하지만 인간이 멀리사 프로젝트의 핵심이라는 사실은 잊지 말아야 합니다. 우리가 하는 모든 일은 우주 비행사에게 도움을 주기 위한 것이에요. 우주 비행사가 안전하게 여행할 수 있기를 바란다면 단순히 생태계를 구축하는 것만으로는 안 되고 모든 것을 완전히 통제할 수 있어야 합니다."

통제는 멀리사에서 개발 중인 순환과 자연 사이의 가장 큰 차이점이다. 화성으로 떠나는 여정에서는 그 무엇도 우연에 맡길 수 없다. 어쩌면 멀리사에서 개발 중인 것을 순환이라고 부를 수 없을지도 모른다. 멀리사의 순환에는 시작과 끝이 있고, 모든 것이 제 주위를 돌게 만드는 무게 중심이, 즉 어떤 대가를 치르더라도 살아남아야 하는 인간이 있다.

누군가는 카사블랑카스의 팀이 사실상 창세기와 상반되는 작업을 하고 있다고 말할지도 모른다. "태초에 우주 비행사가 있었다." 그리고 나머지는 우주 비행사를 위해 창조되었다. 땅과 바다, 나무나 동물은 건너뛰자. 멀리사가 조류, 박테리아, 식물, 인간으로 구성된 우주를 창조하고 있으니까.

혹시 멀리사 루프 연구로 인해 중압감을 느끼지는 않느냐고 묻자 카사블랑카스는 고개를 끄덕인다. "완전히 길든 생태계입니다. 하지만 다른 선택의 여지가 없죠. 사람들은 심우주 관련 임무를 자유나 모험과 연관 짓지만, 모든 일은 자유가 극히 제한된 비좁고 통제된 환경에서 벌어집니다."

나는 벽에 걸린 벤다이어그램을, 화살표와 색과 선으로 채워진 원을 다시 들여다본다. 삶과 죽음과 재생의 순환이 주머니에 쏙 들어가는 크기의 벤다이어그램으로 축소되어 있다. 이 프로젝트의 핵심에는 역설이 자리해 있다. 그렇다, 멀리사는 우리와 지구 사이의 깊은 연결성을 상기시키지만 그와 동시에 우리의 생물권을 간편한 여행용 책자 정도로 축소해 그 연결성을 최소화한다.

내가 이 역설을 언급하자 카탈루냐 출신의 교수 카사블랑카스는 생물권의 축소는 일시적인 일일 뿐이라고 말한다. "우리의 목적은 지구를 영원히 떠나는 것이 아닙니다. 우리는 행성을 식민지화하려는 게 아니에요. 지금보다 더 멀리 여행하되 새로운 통찰을 얻어서 돌아오고 싶은 겁니다."

그는 멀리사가 탈출이 아니라 그러한 여정을 통해 얻을 수 있는 과학적 이점에 초점을 두고 있다고 말한다. 임무 수행 과정뿐만 아니라 (어쩌면 가장 중요한) 임무 준비 전반에 걸쳐서 말이다.

다양한 연구실을 지나는 동안 그는 멀리사 기반 지식의 결실인 이곳 지구에서의 프로젝트들을 나열한다. 벨기에에서의 물 정화. 콩고에서의 조류 배양. 프랑스 호텔에서의 소변 정화.

고디아 카사블랑카스가 12개에 이르는 기계와 장치에 대한 설명을 마친 후, 우리는 커피를 한잔하러 대학 카페테리아로 향한다.

"우주로 가는 임무가 멀리사 프로젝트에 어떤 부가가치를 가져다 주나요?" 내가 묻는다. "심우주에서 생존하는 방법에 관한 이 연구 전체가 대체로 지구에서의 생존을 돕는 적응으로 이어지는 것 같은데, 그렇다면 이 프로젝트에 부여된 사명을 재평가해야 하는 거 아닐까요?"

고디아 카사블랑카스는 고개를 젓는다. "무슨 말씀

인지는 알지만 인간은 완전히 우주에 매료되어 있습니다. 미지의 세계를 탐구하고 어둠 속으로 뛰어드는 일, 그것만큼 흥분되는 것도 없죠. 저희 연구가 이렇게 많은 성과를 얻은 이유 중 하나는 미래의 꿈이라는 맥락에서 진행되었기 때문이라고 생각합니다. 우리에게는 그 꿈이 필요합니다. 저뿐만 아니라 모든 팀원에게도요. 상상할 수 없는 무언가를 연구한다는 건 마법 같은 일입니다. 실제로 그런 일이 일어날지, 언제 일어날지 전혀 알 수 없더라도요."

그가 커피를 한 모금 마신다. "요즘에는 우주에 몰두하는 행위를 합리화하기가 어려울 수 있습니다." 그러면서 이렇게 말을 잇는다. "어떤 사람들은 여기 지구의 문제를 해결하는 데 더 집중하는 것이 나을 수 있다고 생각하기도 하고요. 저도 이해합니다. 그렇지만 저는 손에 잡히지 않는 모호한 무언가를 목표로 삼을 때 더 열심히 연구하고, 더 많이 배우고, 더 깊게 파고들게 된다고 생각합니다. 인간은 본능적으로 호기심이 많습니다. 우리는 지식을 향한 욕망에 이끌리죠. 그리고 짐작건대 우주는 가장 위대한 미스터리일 테니 지식을 향한 욕망이 우리를 우주로 이끄는 것은 당연한 일입니다. 화성에 존재하는 인간은 우리가 누구이며 무엇을 할 수 있는지를 말해 주는 하나의 장대하고 감동적인 이야기입니다. 화성에 로봇을 보내는 것은 기술의 승리이지만 인간을 보내는 것은 영혼, 정신, 두뇌의 승리가 될 겁니다. 화성에 간 인간은 우리 모두를 대신해 자신의 여정을 돌이켜 볼 수 있고요."

팟캐스트 〈해비타트〉에서 NASA 수석 역사학자 로저 로니우스는 우리가 유인 우주 여행이 시작된 시점부터 화성 탐사를 계획했다는 사실을 상기시킨다. 우리는 늘 "지금으로부터 30년 후에" 화성에 갈 준비를 하고 있었다는 뜻이다.

이 사실을 생각하면 왠지 모르게 위안이 된다. 영원한 꿈이 성취된 꿈보다 더 나을 수도 있다. '미션 임파서블'을 완수하기 위해 분투하는 동안 스피룰리나의 놀라운 효능에 더해 비트와 인간의 연관성을 발견하고, 소변 정화법과 물 재활용법도 배우게 되니 말이다.

호텔로 돌아온 나는 나의 후방이라 할 수 있는 집에 페이스타임으로 전화를 건다. "봐봐, 엄마가 화성에 있네." 데이비드가 말한다. 우주인 팍시가 외계 생명체를 찾아 떠나는 이야기를 그린 ESA 애니메이션 영화 〈붉은 행성의 비밀〉Secrets of the Red Planet을 본 아이들은 데이비드의 말을 눈곱만큼도 믿지 않는다. "화성에는 공기가 없어"라고 첫째가 심드렁하게 말한다. "침대도 없지." 둘째가 내 뒤로 보이는 호텔 방 내부를 쏘아보며 말한다.

그러고는 금세 자리를 뜨려 한다. 〈다이노트럭스〉가 부르는 터다. 우리는 서로에게 손을 흔들고 손 키스를 보낸 다음 전화를 끊는다.

나는 호텔 옆 가게에서 팔라펠을 포장해 객실로 돌아온 후, 집에서 챙겨 온 항공우주 공학자 로버트 주브린의 『우주산업혁명』을 챙겨 의자에 앉는다. 화성 탐사 지지자로 잘 알려진 미국인인 주브린은 인류가 장기 생존할 수 있는 유일한 가능성이 적어도 어느 정도는 지구를 떠나는 일에 달려 있다고 확신한다. 그의 관점은 멀리사 프로젝트의 관점과 상충한다. 그는 화성에 가는 것만으로는 충분하지 않다고, 화성에 머물러야 한다고 말한다. 그리고 이와 같은 거사를 치르려면 인간이 아니라 화성이라는 행성 자체가 테라포밍¶을 통해 적응해야 한다고 말한다.

『우주산업혁명』은 화성을 인간이 살 수 있는 곳으로 만들기 위해 해야 할 일을 설명한다. 화성 온도를 (현재 섭씨 기준 평균 영하 63도에서) 높이고, 대기의 밀도도 높이고, 보호용 오존층을 만들어야 하는 것이다. 주브린

¶ 화성 테라포밍은 화성을 지구와 비슷한 환경으로 개조해 인간이 살 수 있는 공간으로 만드는 것을 가리킨다.

은 화성의 얇은 대기층에 온실가스를 주입하면 표면 온도가 상승하고 남극의 만년설이 증발할 것이며, 이때 대기 중 이산화탄소가 더 많이 유입되어 온도가 대폭 상승할 것이라는 의견을 제시한다. 그가 생각하기에 그렇게 되면 화성의 온도는 반세기 안에 섭씨 50도 정도 상승할 수 있다.

다른 과학자들은 8세기는 족히 더 걸릴 것이라고 말하지만, 또 다른 과학자들은 화성 테라포밍 자체가 미친 짓이고 실현 불가능하다고 일축한다. 그러나 다들 한 가지에는 동의한다. 적어도 이론상으로는 가능한 일이라는 것이다. 화성은 한때 (약 40억 년 전에) 따뜻하고 습한 행성이었을 테니 실제로 그런 일이 벌어진다면 시간을 과거로 되돌린 것과 같을 것이다. 선명하고 밝은 녹색과 파란색으로 물든 선사시대의 화성이 오늘날 우리가 아는 녹슨 듯한 적갈색의 황량한 행성으로 변모하는 애니메이션 영화가 눈앞에 그려진다.

화성을 보면서 지구와의 유사점을 찾지 않는 것도, 미래 세대가 우리 행성에 대해 말할 때 '한때'라는 표현을 쓰게 되리라는 생각을 하지 않는 것도 어려운 일이다. 지구는 한때 깨끗한 물과 공기를 가진 인류 친화적인 행성이었다고. 기후도 한때는 온화했다고.

머릿속에서 비극적인 이어달리기가 펼쳐진다. 인간

이 행성을 하나하나 테라포밍한다. 온실가스로 하나의 생태계를 파괴한 다음, 똑같은 온실가스로 오래전에 죽은 다른 생태계를 소생시킨다. 그러나 은하계 사이사이의 공간을 바라보는 주브린의 낙관주의에는 중독적인 무언가가 있다. 우주론적 인식의 겸손함은 결여되어 있지만 우리가 지구에 투영하는 종말의 시나리오를 가뿐히 뛰어넘는 지평을 조명한달까. 그가 설교하듯 늘어놓는 메시지는 지난 폭염 이후 내처 나를 짓누르고 있는 침몰하는 느낌에 역행한다. 그는 우리가 시간의 끝이 아니라 시작에 살고 있다고 믿는다. 그리고 우리를 자멸하는 종족이 아니라 행성 간 종족의 선조로 본다. 또한 우리의 위대한 탈출을, 우리가 건립할 새로운 세상을 믿는다. 우리가 하지 못한다면 우리 아이들이 할 것이라고 믿는다. 그것도 아니라면 그 아이들의 아이들이 할 것이라고 믿는다. 화성이 우리를 기다리고 있다, 라고 그는 적는다. 죽은 고대의 세계가 우리 덕에 소생할 것이라고.

창밖에 어둠이 내려앉은 시각, 나는 책을 한쪽으로 치워두고 호텔방 커튼을 닫는다. 그리고 양치질을 하면서 심우주뿐만 아니라 심오한 시간에도 대비하는 멀리사 프로젝트에 대해 생각한다. 화성에 관여한다는 것은 우리 미래에 관여한다는 것이다. 화성은 장기적인 관점에서 우리 자신에 대해 생각하도록 가르친다. 그리하여 우주론적 인식을 향한 나의 탐구는 이제 다른 차원으로 접어든다. 우주는 지구와 우리 자신뿐만 아니라 시간을 바라보는 또 다른 관점을 제시한다.

네덜란드에서 네 번째로 큰 도시이자 중세 도시의 중심이며 네덜란드 최대 규모의 대학이 자리한 위트레흐트를 관통하는 주요 운하인 오우데그라흐트의 축축한 포석에서 알파벳 J가 반짝거린다. J 옆에는 모양이 일그러진 E가 있다. 두 알파벳을 합치면 운하 길이만큼 길게 늘어선 포석에 새겨진 시의 첫 단어(예(Je), 즉 '당신')가 형성된다. 첫 번째 문장 전체를 옮기면 이렇다. "당신은 언젠가는 과거를 직면해야 한다. 현재의 중요성은 점점 줄어들고 있다."

이 문장이 완성되기까지 87개의 포석과 1년 반이 넘는 시간이 필요했다. 그리고 토요일마다 새로운 알파벳이 추가되고 있다. 매주 알파벳 하나씩이면 한 연을 쓰는 데 3년이 걸린다. 이것이 시의 속도다. 2012년부터 인도를 따라 스멀스멀 이동하고 있으니 지금으로부터 2세기가 지나면 도시를 굽이굽이 가로질러 위트레흐트 중앙 박물관에 다다를 것이다. 이는 새로운 세대의 시인들이 프로젝트를 계속 살아 숨 쉬게 만들리라는 생각을 담은 기획이다. 꺼지지 않는 올림픽의 성화처럼 현재와 미래를 잇는 리듬과 운율의 연속.

시구를 읽으려면 달팽이의 속도로 움직여야 한다. 속도가 너무 빠르면 언어가 산산이 흩어져 버린다. 그러고 보니 산산이 흩어진 빛의 대야에 관한 유대 신화가 떠오른다. 파편처럼 흩어진 글자들이 모여 우리가 영영 알지 못할 사람들을 위한 시로 새겨지고 있다. 미래 세기에는 지금 우리가 아는 위트레흐트와는 완전히 다른 도시를 (그때도 위트레흐트가 존재한다고 가정한다면) 헤매게 될 사람들. 어쩌면 지금 새겨진 글자들이 본래 의도와 달리 어느 버려진 들판이나 바다 밑바닥에 가닿게 될지도 모른다. 어디서부터 시작된 시인지 아는 사람이 전무해질 즈음이면 시가 너무 길어져 있을지도 모른다. 줄줄이 이어진 포석에 새겨진 언어가 21세기의 오랜 방언에서 시작해 미래 세대의 혀를 향해 한 발 한 발 진화한다.

물방울이 보슬보슬 떨어지더니 본격적으로 비가 내리기 시작한다. 사람들이 황급히 차양 아래로 몸을 숨긴다. 나는 포석에 새겨진 시를 따라 걸으면서, **우리**의 모습을 떠올리면서, 2520년의 누군가를 상상해 본다. 전 세계가 머나먼 과거에 화석화된 물질을 태우며 살았던 시절의 사람들을. 과거를 소각하고, 그 과거와 함께 미래까지 소각했던 사람들을.

나는 한 글자도 놓치지 않겠다는 각오로 시의 구절을 계속 읽어 내려간다. (현재로서는) 마지막으로 새겨진 글자 다음에 '다음 주 토요일 오후 1시에 계속'이라는 간단한 메시지가 새겨진 포석 하나가 남아 있다. 이 무미건조한 공지 앞에 웃지 않을 도리가 없다. 글자로 이루어진 뱀을 더 멀리까지 따라가면 이미 미래의 연도 표식(2200년, 2300년)이 새겨진 포석이 자기 몫의 시를 할당받기를 기다리고 있다.

이 운하를 따라 걸은 적은 꽤 많다. 하지만 포석이 가로와 세로 방향으로 번갈아 놓여 있다는 사실은 이번에 처음 알았다. 이 포석 중 상당수는 군데군데가 부서져 있고 일부에는 금이 가 있다. 어쩌면 자동차 통행금지 구역이 되기 전에, 혹은 그보다도 더 전에 육중한 발을 가진 말들이 운하를 따라 속보로 내달렸을 때 생겼을지도 모른다. 촉촉하게 젖은 포석이 갈색, 빨간색, 회색, 파란색 등 다양한 색조로 반짝인다. 걸음을 늦출수록 더 많은 색깔이 눈에 들어온다.

1940년대에 두 발로 오만을 통과한 영국인 윌프레드 패트릭 세시저 경은 『아라비안 샌즈』Arabian Sands라는 저서에서 풍경이 너무나도 단조롭기에 걸음을 늦추어야만 그 아름다움을 발견할 수 있다고 적었다. 그가 느끼기에, 빨리 걸을수록 단조로움은 배가 된다. 인내심을 가진 눈만이 수천 가지의 뉘앙스를 포착할 수 있다. 풀이 무성한 관목들. 화다닥 달아나는 뱀. 돌에 새겨진 선들.

애초에 내가 위트레흐트를 걷는 이유는 또 다른 사막 풍경, 즉 화성의 사막 풍경 때문이다. 정확히 말하자면 머나먼 공간에 자리한 붉은 사막이 인류에게 두 번째 기회를 제공해 주기를 바라는 미국 우주생물학자 제이컵 하크-미즈라의 논문 때문이다.

며칠 전 나는 그 논문에서 미래의 화성 식민지화에 대한 그의 전망을 읽었다. 그는 우리 인류가 실천해야 할 일종의 장기적 사고의 예로 위트레흐트의 문자 프로젝트를 든다. 그러면서 기술 발전으로 화성에서의 '농가 건설'이 그 어느 때보다도 가까운 현실이 된 지금, 화성 간 이주의 도덕적 문제를 생각해 볼 때가 되었다고 쓴다.

그는 우리가 식민지적 사고방식(말하자면 벼락같이 부자가 되기, 단기간에 이득 얻기)을 취하지 않도록 주의를 기울이고 우주에 있는 우리의 존재를 **매우** 장기적인 맥락 속에서 바라보아야 한다고 경고한다. 수세기, 수천 년의 맥락에서 말이다.

하크-미즈라는 이미 이 윤리를 일컬을 용어도 제시했다. '심층적인 이타주의'다. 이는 천년 혹은 그 이상의 기간을 염두에 두고 미래 세대의 복지를 위해 사심 없이 고군분투하는 것을 의미한다. 우리와는 긴 시간을 사이에 두고 막연하게만 연결되어 있는 세대, 우리가 가진 유전자를 일부 가지게 될 테지만 우리의 이름은 잊어버릴 세대를 위해.

요컨대 하크-미즈라는 미래 인류와의 연대가 중요하다고 말한다. 우리가 정말 화성에 간다면 그것을 새로운 시작을 위한 기회로, 실수투성이인 우리 종족에게 주어진 두 번째 기회로 삼아야 한다.

그리고 그러려면 색다른 시간의 척도로 생각하는 법을 배워야 한다.

위트레흐트 문자 프로젝트를 관람한 다음 날, 나는 시애틀 블루마블 우주과학연구소에 소속된 수석 연구 조사관 제이컵 하크-미즈라와 스카이프로 통화한다. 그의 카메라가 꺼져 있어 나는 30대 정도 되어 보이는 검은 장발 남자가 나무에 기댄 자세로 카메라를 향해 수수하게 웃어 보이는 프로필 사진을 보며 아쉬움을 달랜다.

하크-미즈라는 내가 심층적인 이타주의에 보이는 관심에 놀란 눈치다. 그는 자신이 출판한 글이 대체로 우주의 물리적 측면을 다루고 있다고 설명한다. 그가 몸담은 분야에서, 그리고 그의 작업에서 윤리는 부차적이다. 그러나 '우주 윤리'는 그가 맨 처음 공부를 시작했을 때부터 관심을 가진 분야였다.

많은 국가와 민간 우주항공 기관은 가능한 한 속히 화성으로 가는 데 혈안이 되어 있지만 정작 화성에 도착한 후 어떻게 처신할 것인지에 관한 논의는 전무하다시피 하다. 기술적 프로토콜이 아니라 최초의 인간 정착민들의 사고방식에 관해 이야기해야 할 때 말이다. "저는 화성으로의 여정이 우리 자신을 재정의할 굉장한 기회를 제공한다고 믿습니다. 하지만 그러려면 이 여정의 도덕적 측면을 인식해야 하죠. 화성에 있는 무엇이 우리에게 이득이 될지를 따지면 안 됩니다. 새로운 인간종을 창조하기 위해 애써야 하고, 장기적으로 이 새로운 종에 진정으로 도움이 되는 선택을 해야 합니다."

그가 말하는 '새로운 종'은 말 그대로 '새로운 종'이다. 화성 정착민들은 지구로부터 완전히 독립해야 한다. 물론 곧바로 그럴 수는 없을 것이다. 정착민들의 생존에 필요한 자원을 지구가 제공해야 하겠지만, 최종 목표는 자급자족이어야 한다.

"수세기가 걸릴 수도 있습니다"라고 하크-미즈라는 말한다. "그런데 인류 진화의 맥락에서 보면 그렇게 긴 시간은 아닙니다. 화성인들이 더 이상 지구와 일체감을 느끼지 않는 시점이 찾아올 거예요. 스스로를 인간이라

고 칭하지 않을 수도 있고요. 지구에서 그렇게 멀리 떨어져 있어도 인간이라는 생각이 들까요?"

나는 그의 말을 이해하려 애쓰면서 화면을 통해 흘러나오는 그의 웃음소리를 듣는다. "이게 정말 SF처럼 들리나요? 이보다 논리적인 결과가 어디 있겠어요! 화성 주민들이 자기 자신을 계속 지구인으로 여기는 것보다 더 논리적이잖습니까."

그렇다. 화성에 영구 정착촌이 세워지면 그곳의 정착민들은 어느 국가에 속하게 될까? 그들에게는 어떤 법체계가 적용될까? 가장 좋은 혹은 적어도 가장 흥미로운 방식은 그들을 완전한 주권자로 간주하는 것이다. 그들에게 맞는 새로운 사회를 구성할 자유를 주는 것이다. 지구상의 오류와 실수로부터의 자유를.

그러나 하크-미즈라가 생각하기에 이는 우리가 올바른 사고방식으로 접근할 때만 가능한 일이다. "우리는 새로운 세상을 창조한다는 것의 의미를 제대로 이해해야 합니다. 수천 년 후 미래라는 맥락에서 우리 자신을 재발명한다는 것의 의미를요." 폴 보가드의 책에 등장하는 이로쿼이 부족이 떠오른다. 그들은 어떤 일을 하든 항상 미래 세대의 이해를 고려해야 한다고 주장한다. 현재 우리로서는 상상할 수 없는 일이다.

하크-미즈라는 그런 재창조에 필요한 기술을 우리

가 개발할 수 있다고 믿는다. 그리고 이와 관련한 글에서 우리가 장기적인 사고를 훈련할 수 있는 방법의 예로 위트레호트 문자 프로젝트에 주목한다. 그런데 사실 위트레호트 포석에 새겨진 시는 수천 년이 아니라 오직 수 세기 동안만 지속될 계획이라는 점에서 하나의 밑그림에 불과하다.

그가 인용하는 또 다른 프로젝트는 정말로 수천 년간 지속된다. 가히 기념비적인 규모의 기계식 시계인 '롱 나우의 시계'The Clock of the Long Now는 향후 1만 년 동안 단 한 번도 멈추지 않고 정확한 시간을 유지하도록 설계되었다. 현재의 삶의 방식을 지배하고 있는 분기별 보고서, 마감일, 3학기제, 정부 임기 등 극단적으로 짧은 주기에 대한 해답으로 장기적인 사고를 키우기 위해 설립된 롱 나우 재단의 기획이다. 하크-미즈라와 통화를 마치고 나니 아이들을 데리러 가기까지 아직 한 시간 반 정도가 남았길래 나는 롱 나우 재단의 웹사이트를 살펴본다. 홈페이지에서 가장 먼저 눈에 들어오는 것은 재단이 설립 연도를 표기한 방식이다. "01996". 연도 앞에 추가로 붙은 숫자 0은 웹사이트 전반에 일관성 있게 반영되어 있다. 시간에 대한 내 인식에 막대한 변화를 불러일으키는 미묘한 숫자 0.

롱 나우 재단은 숫자 0이 Y2K '밀레니엄 버그', 즉 무시무시한 (결국 일어나지는 않은) 전 세계적 컴퓨터 오류 사태를 예상하며 추가된 것이라고 설명한다. 그러나 이 숫자 0이 불러일으키는 효과를 그들이 예상하지 못했던 것 같지는 않다. 0이 만들어 내는 숨 쉴 공간을. 앞으로 다가올 시간을 상기시키는 0을. 현세대가 바라보는 지평선 너머의 미래를 시각화할 수 있는 망원경의 눈을. 물론 0이 언젠가 1이 될지 혹은 그 이상의 숫자가 될지 아무도 장담할 수 없다. 그러나 그 가능성 자체가 내게는 위안이 된다.

재단 웹사이트에 게시된 짧은 동영상에서 한 공학자는 시계 자체가 목표는 아니라고, 시계 제작이 자극하는 사고 과정이 중요하다고 말한다. 롱 나우 재단의 바람은 우리가 향후 1만 년이라는 시간에 대해 생각하는 것이다. 1만 년 이후를. 인류가 수렵 채집인에서 기진맥진한 아이패드 중독자로 변하는 데 걸린 시간과 맞먹는 시간 이후를. 그런 식으로 우리 문명에는 지나간 과거만큼이나 기나긴 미래가 더해진다.

웹사이트 스크롤을 내리다 보니 어떤 단순한 그림 하나가 눈길을 사로잡는다. 동심원 여섯 개를 겹겹이 쌓은 반원이다. 설명에 '속도층'이라고 적힌 그 그림에서는 각각의 층이 각기 다른 삶의 속도를 나타낸다. 가장 바깥

쪽 층은 끊임없이 변화하는 추세, 최신 열풍을 보여 주는 '패션'의 속도다. 그 바로 안쪽 층은 '상업'이고, 차례로 '기반시설' 층과 '거버넌스' 층이 이어진다. 가장 안쪽의 두 층은 각각 '문화'와 '자연'이다. 이 마지막 두 층은 기억, 통합, 안정성을 기반으로 하는 가장 느린 속도층이다.

각 층에는 고유한 특성이 있다. 빠른 층은 배우고, 느린 층은 기억한다. 빠른 층은 우리를 홀리지만, 느린 층은 힘을 품고 있다.

글을 읽어 보니 각각의 속도가 아무렇게나 뒤엉키지 않게 하는 것이 중요하다고 한다. 각 층이 고유한 변화의 속도를 가지고 있는 터다. 예컨대 정치(네 번째 층인 거버넌스)가 패션(가장 빠른 바깥층)을 앞지르면 그 정치는 너무 피상적으로 변할 것이다. 그리고 가장 느린 층인 자연이 속도를 높이면 생태계가 제대로 작동하지 못하게 되어 결국 다른 모든 속도층이 혼란에 빠질 것이다.

롱 나우 시계의 정확한 위치를 찾던 나는 제프 베이조스가 이 시계 건설 프로젝트를 도맡고 있다는 기사를 읽는다. 참 아이러니하지 않나. 장기적 사고의 수호자로 자처하기에 가장 거리가 먼 사람, 직원들을 못살게 굴고 산맥을 이룰 만큼 무지막지한 양의 쓰레기를 배출해 막

대한 부를 축적한 유명한 백만장자, 사실상 제이컵 하크-미즈라가 우리에게 경고한 종류의 식민지적 사고방식을 정확히 체화한 남자가 이 프로젝트를 추진하고 있다니.

나는 브라우저에 띄워진 롱 나우 재단 웹사이트 탭을 닫고 광장 위를 물들인 분홍빛을 바라본다. 세상이 불타고 있는데 저 시계를 세우는 게 무슨 의미가 있을까? 여기 지구에서는 이미 여섯 번째 멸종이 시작되었는데 화성에서의 새로운 문명을 생각하는 게 과연 의미가 있나? 사회적 불평등에 맞설 시급한 조치가 필요한 와중에 삶의 속도를 구성하는 층에 몰두하는 게 다 무슨 소용이지?

베이조스가 롱 나우 시계 건설 프로젝트를 맡았다는 사실이 내 내면의 냉소 버튼을 꾹 누른다. 나는 베이조스 같은 사람에게 장기적 사고를 위탁해서는 안 된다고 생각한다. 단기적인 것은 장기적인 것과 공존해야 한다. 둘 중 하나만 택하는 것은 인생을 절반만 살겠다는 것이다. 개인적 차원에서는 단기적 사고로도 충분하다. 그러나 우리는 개인적 차원 너머에서도 살아간다. 우리 존재가 가진 보이지 않는 덩굴손은 우리의 육체보다 더 멀리 뻗어 나가 다른 속도층에서 살아가며 성장하는 것들과 우리를 연결한다. 해조류, 비트, 나무, 의식, 그리고 생각과. 이 거대한 연결망을 정부 내각의 4개년 계획이나 24시간 주기로 이어지는 뉴스에 억지로 밀어 넣을 수는 없다.

물리학자이자 천문학자인 재너 레빈은 언젠가 팟캐스트에서 이렇게 말했다. 거리를 두고 더 멀리 볼수록 더 많은 연결 고리를 보게 된다고. 레빈의 블랙홀 연구는 수십억 년 단위의 시간을 다룬다. 5억 년도 지나지 않은 일을 두고 레빈은 농담 삼아 '지역 정치'라고 부른다. 세상과 극단적으로 거리를 두고 멀리 보는 행위를 통해 레빈은 '포근하고 몽롱한 기분'을 느낀다. 그리고 그런 기분은 관점의 변화를, 사실상 모든 것에 관점의 변화를 가져온다. 금金이 죽은 별 두 개가 충돌해 만들어진 결과물임을 알면 우리가 가진 통화 시스템은 은하계 현상이 된다. 우리 모두가 빅뱅의 산물임을 깨달으면 우리의 정체성에 새로운 차원이 더해진다.

대체로 우리는 과거 몇 세기를 기준 삼아 세계관을 결정한다. 그러나 인류가 현재 모습으로 천천히 진화해 온 수십억 년 기간에 비하면 최근의 역사가 미친 영향은 미미하기 그지없다.

세상과 극단적으로 거리를 두고 멀리 보았다고 해서 레빈이 일상의 문제에 둔감해진 것은 아니다. 그보다는 일상의 문제를 한 발 떨어져서 바라볼 수 있게 되었다.

152

레빈은 이렇게 말한다. "순간과 영원 사이에 의미 있는 차이란 없다."

무궁한 인터넷 세상의 어딘가에서 나는 향후 2억 5천만 년 동안 세상이 어떻게 변화할지를 보여 주는 애니메이션 영상을 발견한다. 달이 천천히 멀어지고, 태양은 조금씩 식어가고, 아프리카와 유럽은 서서히 하나의 대륙으로 합쳐진다. 북아메리카와 남아메리카는 서로 멀어지다 각자의 길을 간다. 호주는 북쪽으로 이동해 아시아 대륙에 붙고, 남극 대륙은 마다가스카르 인근 어딘가에 자리를 잡는다.

오늘날 대규모로 펼쳐지는 지정학적 갈등은 대륙이 추는 느릿느릿한 춤사위 속에서 저절로 정리될 것이다. 우리가 벽과 울타리를 쌓고 있을 때, 유럽과 아프리카는 현재까지 수 세기에 걸쳐 서로를 끌어안을 듯 찬찬히 가까워지는 중이다. 호주로 피신하는 아프가니스탄인들이 흡사 상습 범죄자처럼 섬에 구류되어 있는 동안, 호주는 아프가니스탄을 향해 미끄러지듯 슬슬 이동하고 있다. 이러한 지각판의 변화는 경직된 국경이라는 현실 옆에 또 다른 현실이 있음을 상기시킨다. 느리지만 꾸준한 변화의 현실이.

데이비드가 집으로 가는 중이라고, 근처 아시아 식당에

서 아이들이 '공룡 털'이라고 부르는 볶음면을 사 갈 것이라고 문자를 보낸다. 핸드폰을 들여다보니 이런, 벌써 10분 후면 어린이집이 문 닫을 시간이다.

숨을 몰아쉬며 놀이터 문을 획 여는 순간, 몇 달 전 작은애의 떼쓰기와 관련해 가족 상담소의 한 여성 직원이 했던 말이 떠오른다. 그는 아이에게 넓게 보는 법을 가르치라고 조언했다. 희한하게도 **넓게 본다**는 용어에 대해, 네덜란드어로는 '상대화하다'를 가리키는 그 용어에 대해 진지하게 생각해 본 것이 그때가 처음이었다. 다른 것과의 관계를 바탕으로 바라봄으로써 자기 자신의 위치를 이해하는 행위.

넓게 보라는 말, 큰 그림을 그려 보고 그것과의 관계를 생각해 보라는 어른들의 말이 어릴 때는 싫었다. 내화를 돕는 사소한 일이 그 외의 대수로운 일보다 덜 중요하다고 말하는 것 같았다. 하지만 이제는 그것이 **덜** 중요하다는 말이 아니라 다른 일과 **더** 연결되어 있다는 말임을 안다. 넓게 보기란 어떤 대상을 부정하는 것이 아니다. 그 대상이 다른 대상과 어떻게 연관되어 있는지를 본다는 것은 연결 고리를 알아차리는 것을 의미하며, 이는 부정과 정반대되기 때문이다. 넓게 보기는 회복에 가깝다.

154

넓게 보기가 내 일상에 영향을 미치기 시작한다. 약속을 마치고 서둘러 집으로 돌아가는 길에도 자전거 도로 양쪽에서 나를 내려다보며 굼뜨게 성장 중인 나무들을 의식하게 된다. 그렇다고 해서 자전거 페달을 보다 느긋하게 밟게 되지는 않지만, 나무의 느린 성장이 온종일 내 마음을 떠나지 않는다.

아이들의 호기심이 넓게 보기에 도움이 되기도 한다. 아이들은 무한한 인내심으로 앞마당에 사는 민달팽이의 뒤를 밟을 수 있다. 같이 산책을 나가면 몇 걸음 떼지도 않았는데 연신 멈춰 서서 두꺼비 발자국이며, 이끼 덩어리며, 진흙에 남은 오리 발자국 따위를 관찰한다. 우리가 사는 세상 속 단절에 대해 느끼는 불안감은 여전하지만 내 마음은 얼마간 가벼워졌다. 나를 휘감고 있던 불안의 무게가 덜어지고 있다. 여전히 마음속에 불안이 똬리를 틀고 있지만 그 곁에 다른 무언가가 나란히 놓여 있다. 우주가, 영원이, 불가항력적인 신비가.

지구를 태양계의 다른 행성들과의 관계에서 바라보

는 경험 덕분에 나는 지구가 얼마나 온화한 행성인지를 생각하며 감사한 마음을 품게 되었다. 지구의 관점에서 보면 우리 대기 밖의 모든 것은 극단적이기 이를 데 없다. 거리도, 풍경도, 온도도. 그러나 이 행성은 우리에게 맞춤한 장갑처럼 꼭 맞는다.

이런 생각을 하고 있으면 내가 있는 바로 이곳이 편안한 집이라는 사실을 새로이 체감하게 된다. 이곳은 대기권 안에서 안전하게 머물 수 있는 장소, 라벤더가 성장하고, 인간이 숨 쉬고 대화하며 서로 인사를 나누고, 밥이 벤치에 앉아 겨울 햇볕을 쬘 수 있는 완벽한 장소다.

나는 주변에서 느린 속도로 진행되는 과정들을 관찰하는 훈련을 해 본다. 해의 저묾, 포석의 마모, 라일락의 성장 같은 것들을 말이다. 어느 날 오후에는 아이들을 데리고 동네 인근 숲 블리헨보스로 가서 수령이 100년인 마로니에를 찾아본다. 내가 다운로드받은 애플리케이션에 따르면 그 나무는 우리 동네에서 손꼽게 오래된 나무 중 하나다. 아이들은 나무에 별다른 관심이 없기 때문에 나는 여기에, 이 숲의 어딘가에 파라사우롤로푸스[1]가 있다는 말로 아이들을 꾀어 낸다. 겨울이 물러가는 시기

---

[1] 백악기 후기에 미국과 캐나다 등지에 존재한 공룡.

라 나무 둥치 사이는 바람 한 점 없이 따뜻하다. 마로니
에를 찾아 헤매고 있자니 사람들이 왜 이 공간을 공원이
아니라 보스, 즉 '숲'이라고 부르기로 했을지 궁금해진
다. 숲이라기엔 규모가 그리 크지 않은 터다. 어쩌면 나
무들의 배치가 불규칙해서일 수도 있다. 되는대로 뻗어
있는 길들, 촘촘하게 우거진 나무들, 쓰러진 채 뽑히지
도 않고 그대로 썩게 방치된 나무들. 공원보다는 야생에
가깝다. 물총새, 말똥가리, 쇠부엉이도 서식하는 데다,
밤이면 여우와 담비가 배회한다.

　이 동네로 이사를 오고 처음 몇 년 동안은 이 숲을
거의 피해 다녔다. 데리고 와서 놀 아이들이 없어서가
아니었다. 블리헨보스, 즉 '파리 숲'이라는 숲의 이름이
소름 끼쳐서였다. 파리가 들끓는 숲은 소풍을 가고 싶다
는 생각이 들 만큼 매력적인 장소가 아니었다.

　그동안 내가 얼마나 우둔했는지를 깨달은 순간은 입
구에 게시된 안내 표지판을 읽었을 때였다. 알고 보니
블리헨보스는 파리 개체수가 아니라 한때 빈민가였던
이 지역에 도시의 녹지 공간을 조성한 사회당 정치인 빌
렘 블리헨의 이름을 딴 명칭이었다. 블리헨보스는 사실
사람들이 산책할 수 있는 녹지 조성뿐만 아니라 여전히
에이(IJ) 강변에서 가동 중인 화학 공장과 이 동네 사이
의 완충 지대 형성을 목적으로 만들어진 공간이다. 그런

데 우연의 장난인지, 지금 그 화학 공장은 마치 파리들의 영구 서식지처럼 24시간 내내 웅웅대는 소리를 발산하고 있다.

빌렘 블리헨이 품었던 이상은 결국 현실에 밀려났다. 내가 마주치는 사람들은 대부분 강둑에서 멀리 떨어진 곳에 사는 부유한 주민들과 우리처럼 용케도 암스테르담-노르드에서 합리적인 가격의 주택을 찾아 이사 온 사람들이다. 헝클어진 머리칼, 유행 중인 재사용 물통, 값비싼 유아차로 분간이 가능한 사람들.

작년에 나는 동네 히아신스 심기 모임에 함께해 달라는 요청에 응했었다. 모집은 다양한 사용자가 모인 지역 페이스북 그룹을 통해 진행되었다. 나는 보다 이질적인 참가자 구성(동네 토박이들과 젊은 외지인의 조합)을 예상했지만 히아신스 심기 프로젝트는 대체로 동네에 새로 이사 온 주민들의 관심을 사로잡았다. 전기 화물 자전거를 타는 이들을 유인하는 주제는 보통 '친환경과 지속 가능성'이다. 주택 부족이나 빈곤 같은 사회 문제로는 그러기가 쉽지 않다. 언뜻 우리 같은 새로운 주민들은 이웃보다 나무를 선호하는 것처럼 보일 정도다.

저기 있다, 마로니에가 보인다! 근육질인 나무의 팔이 흙을 찾아 나서는 거대한 뿌리처럼 사방으로 뻗어 있다. 가까이에서 보니 회녹색 나무껍질이 건조 지형과 닮았다. 나는 피질에 난 깊은 선들을 살펴보고 강처럼 굽이치는 나뭇결을 손끝으로 따라간다. 조금 더 숲 안쪽으로 들어가니 큰애가 파라사우롤로푸스 알을 찾았다고 소리친다. 나는 아들의 목소리를 따라 굽이굽이 감도는 길을 한가로이 걷는다. 내가 다가가자 큰애는 흥분한 손짓으로 덤불에 버려진 낡은 흰색 운동화 한 켤레를 가리킨다.

흙길을 따라 집으로 돌아가는 길, 깜빡깜빡 점멸하기 시작한 가로등에서 얼마간 떨어진 초목들이 천천히 그 불빛을 집어삼키는 듯하다. 주변을 물들인 색들이 점점 어두워지다가 셀 수 없을 만큼 다양한 회색 음영으로 녹아내리더니 마치 거대한 검은 손 하나가 나무의 줄기와 가지를 쓸어내려 어두운 얼룩만 남겨 버린 것 같다. 그 순간, 그때껏 도시에서는 경험하지 못한 어둠에 화들짝 놀란 나는 나무들 사이에 가만히 선다.

암흑 같은 하늘이 펼쳐지는 보호구역은 아니지만 그래도 여전히, 이렇게 집에서 가까운 곳에, 분명 밤을 위한 공간이 남아 있다.

다음 날 저녁 데이비드와 나는 아이들을 데리고 다시 블리헨보스를 찾는다. 아이들에게 어둠을 경험시켜 주기 위해서다. 짧은 산책이지만 아이들이 으스스한 길을 걷다 겁을 잔뜩 먹은 통에 우리도 덩달아 조금 불안해져 결국 자전거 도로를 벗어날 엄두조차 내지 못한다. 그러나 결국 우리는 어둠 속으로 진입한다. 아이들의 목소리가 속삭임에 버금가게 고요해지고 우리의 발걸음은 느려진다. 우리는 소음을 만드는 대신 주변 소리에 귀를 기울인다. 스쿠터 소리, 나뭇잎에 떨어지는 빗방울 소리, 왜가리가 내는 쉰 소리. 잠시나마 우리의 존재가 옅어져 주변 환경으로 녹아드는 느낌이다. 그림자들 사이의 그림자가 된 우리 존재는 더 이상 나무나 덤불과 구별이 불가능하다. 희한하게도 대낮에 걸었을 때보다 숲이 훨씬 더 거대하게 느껴진다. 독일 시인 라이너 마리아 릴케는 "불은 모두를 위한 빛의 원을 만들지만 어둠은 모든 것을 끌어당긴다"라고 썼다. 내가 느끼는 감정이 바로 이것이다. 우리는 시작도 끝도 알 수 없는 세상을 잠시 표류할 뿐이다. 우리의 자그마한 도시 숲은 웅장하고, 신비로우며, 불가해하다.

발을 질질 끌며 길을 걷는 동안 나는 모순적인 감각에 사로잡힌다. 우리는 어디에나 존재할 수 있지만, 동시에 나는 지금 이 장소에 온전히 존재하고 있다는 감각이다. 어디선가 나뭇가지가 딱딱거린다. 혼비백산한 우리는 잽싸게 빛이 있는 곳으로 돌아간다. 어설프기는. 그럼에도 여전히 … 넘어지면 코 닿을 만큼 가까운 곳에 그림자처럼 어두운 세상이 있다. 자전거 도로를 좀 더

자주 벗어나고 딱딱거리는 나뭇가지에 대한 두려움을
극복할 대담함만 갖추면 된다.

숲에서 발견한 어둠이 그로부터 몇날며칠간 내게 기분
좋은 공간감을 선사한다. 마치 빛과 조급함에서 벗어날
수 있는 비상구가 내 머릿속에 들어선 것 같다. 내가 지
금까지 알아 온 것과는 다른 풍경을 보여 주는 높은 천
장과 창문을 갖춘 여분의 방으로 열리는 비상구.

　이러한 공간 경험은 내 사고방식에도 영향을 미친
다. 넓게 볼수록 더 많은 연결 고리가, 이를테면 해조류
와 우주 비행사 사이의 연결 고리, 나 그리고 날마다 나
와 함께 태양 주위를 도는 동료인 이웃들 사이의 연결
고리가 보인다. 밤에 찻집 앞 인도에서 들리는 왁자지껄
한 소란에도 신경질이 덜 난다. 라일락 덤불을 어루만지
는 남자의 목소리를 간파할 수 있을 것 같기 때문이다.

　어쩌면 나는 조망 효과를 아주 천천히 경험하고 있
는지도 모른다. 세상이 점점 내게 가까워지는 듯한 거리
감을 말이다. 그리고 이 경험에는 중독적인 데가 있다.
더 멀리, 더 가까이, 우리 태양계 밖으로 가 보고 싶다.

텅 빈 기차에 몸을 실은 나는 플레볼란트주의 광활하고 휑한 대지를 날쌔게 가로지르고 있다. 1950년대에 조성된 플레볼란트주는 거의 모든 면적이 간척지다. 때는 따듯하고 습한 겨울의 끝자락이고, 약 57제곱킬로미터에 이르는 흡사 툰드라 같은 자연 보호 구역 오스트바르데르스플라센의 기묘한 풍경 위로 흐릿한 태양이 둥둥 더 있다. 저 멀리서는 이 지역을 '재야생화'하기 위해 데려다 놓은 한 무리의 헤크 소가 풀을 뜯는 중이다.

재야생화라니, 자기모순적이라는 생각이 스친다. 밝은 노란색의 시외 철도는 이 '야생'을 고속으로 통과하고, 공원 관리인들은 겨울에 굶주린 방목 가축들에게 먹이를 주지 않으면 당신들을 죽여 버릴 것이라는 살해 협박을 받는다. 지금까지 우리에게 남아 있는 유일한 야생은 머리 위의 저 높디높은 하늘뿐이다.

열차가 툰드라 같은 간척지를 벗어나 더 북쪽으로 이동하더니 그 어느 때보다도 깊은 우주로 나를 데려간다. 바로 태양계 밖으로. 내 목적지는 네덜란드 드렌터

주의 드윙글루 마을에 자리한 네덜란드 전파 천문학 연구소 아스트론ASTRON이다. 여기에서는 지구 이외에 태양 주위를 도는 행성들의 전파 신호를 매일 수집한다.

그 행성들은 외계 행성이라고 불린다. 천문학자들은 현재 수천 개의 외계 행성을 주시하고 있다. 태양이 두 개인 행성, 다이아몬드로 만들어진 행성, 태양을 잃은 고아 신세가 되어 저 혼자 우주를 떠도는 변칙적인 행성도 있다. 상상을 초월할 만큼 뜨거운 기체 행성도, 지구처럼 태양의 '골디락스 존'Goldilocks zone에서 공전하는 행성도 있다. 너무 뜨겁지도, 너무 차갑지도 않은 딱 적당한 온도를 가진 골디락스 존은 액체 상태의 물과 우리가 생명체로 인식할 무언가가 존재할 수도 있는 지대다.

어쩌면 이 외계 행성 중에 지구와 유사한 행성이 있을지도 모른다. 지구와 질량이 같고 대기가 거의 비슷한 행성. 외계 행성을 찾는 우리의 여정에서 성배가 될 수도 있는 행성.

물리학자 슈테판 클라인은 저서 『무한의 가장자리』On the Edge of Infinity에서 그런 행성을 지구의 잠재적인 '쌍둥이 행성'이라고 부른다. 나는 이 용어가 마음에 든다. 수 광년 떨어진 곳에서 지구와 똑같은 원료로 다른 세상을 만든 은하계 행성이 존재한다는 발상이 참 낭만적이다. 우리가 어떤 행성이 될 수 있었는지를 보여 주는 형제자매, 우리의 DNA가 가진 다양한 잠재적인 표현 방식을 반영하는 거울이 있다니.

하지만 그런 행성을 발견하려면 지구와 이웃한 태양계 행성 너머를 내다보아야 한다. 태양계에는 우리를 거울처럼 반사하는 행성이 없다. 그나마 지구의 쌍둥이 행성을 찾을 만한 가능성이 있는 태양계 가운데 가장 가까운 것은 4.24광년 떨어진 곳에 위치한 프록시마 켄타우리Proxima Centauri다.

'쌍둥이 행성'에 더해 또 하나 사랑스러운 용어가 있다. '광년'light-year이다. 참 단정하다는 느낌을 주는 용어다. 무겁지heavy 않고 가벼운light 해. 누군가를 위한 소원을 빌고 싶은 해. 사실 광년은 시간과 공간을 하나로 합친 척도로, 빛이 1년에 이동하는 거리를 가리킨다. 빛은 얼어붙을 듯 차갑고 대체로 텅 빈 어둠 속에서 1년에 약 9조 4,608억 킬로미터를 이동한다. 광년의 의미를 깨닫고 났더니 나무 바닥에 내리쬐는 태양의 얼룩을 흡족한 마음으로 바라보게 된다. 먼 길을 왔구나, 생각하면서.

열차가 적운이 성기게 낀 하늘 아래 오래된 저습지를 지나며 계속 내달린다. 오늘 육아를 맡아 준 시어머니가 문자로 아이들 사진을 보내준다. 얼굴을 확대해 보니 작은애의 환한 미소와 큰애의 가느다란 갈색 눈이 보인다.

어떻게 늘 직접 볼 때보다 사진으로 볼 때 더 잘 보이는 건지 알 수 없는 노릇이다. 실생활에서는 거리가 너무 가까워 관찰할 수가 없고 작은 손, 뺨, 젖니 두 개처럼 단편적인 모습만 포착할 뿐이다. 아이들과 가까이 붙어 있는 것은 좋지만, 눈물이 왈칵 쏟아질 만큼 아이들을 사랑하는 것은 어느 정도 거리가 있을 때에야 가능한 일이다. 어쩌면 그게 우주 비행사들이 저 먼 우주에서 지구를 돌아볼 때 느낀 감정일지도 모른다. 사랑하는 무언가를 멀리서 바라보면 나 자신을 초월하는 사랑, 복잡하게 얽히고설킨 관계를 초월하는 사랑이 자리할 여지가 생기는 것이다.

역에 도착하니 택시 한 대가 외로이 승객을 기다리고 있다. 택시 기사가 문을 활짝 열어준다. "아스트론 가시죠?"

나는 고개를 끄덕인다. 역에서 아스트론까지 가는 방법은 택시를 타는 것이 유일하다. "어디서 오셨어요?" 그가 영어로 묻는다. "암스테르담이요." 그러자 그가 웃는다. 내가 어디 머나먼 곳에서 왔다고 생각한 것이다. "전 세계 사람들이 망원경을 보러 가겠다고 여기 들르죠."

그는 왜들 그렇게 머나먼 행성을 두고 호들갑을 떠는지 사실 잘 모르겠다고 말한다. 그러면서 내게 〈고대의 외계인들〉Ancient Aliens 시리즈를 보았냐고 묻는다. 내가 대답을 하기도 전에 그는 피라미드가 외계 생명체의 도움으로 지어졌다는 이론을 꺼낸다. 나는 지난 몇 주 동안 외계 행성에 대해 읽은 내용을 생각하면서 이따금 고개를 끄덕인다.

다른 태양 주위를 도는 다른 행성이 있다는 생각은 수 세기 동안 이론에 불과했다. 논리적으로 생각하면 존재하지 않을 이유가 없지만 그 증거랄 것이 늘 손에 잡히지 않았다. 그러던 1995년, 천문학자들이 지구에서 50광년 떨어진 곳에 위치한 '페가수스자리 51' 별의 궤도를 단 나흘 만에 도는 행성을 발견했다.

이렇게 먼 거리에 떨어진 외계 행성을 직접 관측하는 것은 불가능하다. 그래서 천문학자들은 도플러Doppler 분광법, 즉 '워블 방법'wobble method을 통해 간접 연구를 진행했다. 기본적으로 행성은 중력으로 모별을 끌어당긴다. 그런데 이때 그 힘에 의해 모별이 조금 흔들리기 때문에 모별이 방출하는 빛의 흔들리는 파장을 측정할 수 있다.

외계 행성을 탐지하는 다른 방법 중에는 '통과 관측법'transit method도 있다. 현재까지 가장 성공적인 방법이고, 내 생각에는 가장 시적이기도 한 방법이다. 외계 행성이 (지구에서 보았을 때) 별 앞을 지나가면 그 별의 광도가 순간적으로 떨어지는데, 바로 이 현상을 이용하는 것이다. 이와 같은 광도의 감소는 보통 약 1퍼센트 미만 수준으로 관측이 거의 불가능하다. 말하자면 우주가 찡긋 윙크 한 번 한 것에 가깝다.

천문학자들은 광학 망원경의 눈뿐만 아니라 귀를 통해서도 외계 행성을 탐지한다. 망원경은 우리가 볼 수 있는 광파와는 다른 주파수를 가진 전파나 전자기파를 포착한다. 그리고 드윙글루만큼 과학자들의 귀가 외계 행성을 향해 예민하게 열려 있는 곳은 없다. 드윙글루는 세계 최대의 전파 망원경, 즉 저주파 배열Low Frequency Array의 줄임말인 로파LOFAR 전파 망원경이 수집한 데이터를 아스트론 소속 과학자들이 분석하는 곳이기 때문이다.

내 바람은 상상하기 어려울 만큼 머나먼 장소의 소리를 들을 수 있는 곳에 방문해서 매일 외계 행성의 소리를 듣는 것이 일상 업무인 사람들을 만나는 것이다. 그것이야말로 궁극적인 넓게 보기 아닐까.

물론 '듣기'는 비유적인 표현이다. 과학자들이 포착하는 파동은 음파가 아니다. 우주에는 대기가 없으므로 음파가 이동하지 못한다. 그래서 로파는 수천 개의 안테나를 사용해 외계 행성의 전파를 측정하며, 그러면 슈퍼컴퓨터가 이 전파들을 한데 모아 이미지로 변환한다.

이 설명을 읽었을 때 나는 약간 실망했었다. 그 정도

내용은 알고 있었으면서도 인간이 실제로 외계 행성의 소리를 들을 수 있기를 기대했던 터다. 짤랑짤랑 울리는 별의 소리를, 행성들의 허밍 소리를.

그러나 외계의 전파를 지구의 소리로 전환하려면 인간의 조작이 필요하다. 나는 지구로부터 1,100광년 떨어진 기린자리에 위치한 맥동성脈動星 Y Cam A와 피아노를 위한 듀엣 음악을 발견했다. 작곡가가 은하계의 주파수를 별세계의 자장가로 전환한 결과물이었다.

그 음악은 온라인으로 들을 수 있다. 평온하고 물결이 치는 듯하다. 마치 Y Cam A라는 고대의 별이 피아노 선율 속에서 목소리를 거의 잃은 것 같다. 얼추 비슷한 시기에 나는 네덜란드의 연극 제작자이자 하피스트인 아이리스 판 데르 엔데의 프로젝트도 발견했다. 몇 년 전 그는 하프와 별들을 위한 곡을 썼다. 하프 줄을 퉁기는 멜랑콜리한 소리가 흐르는 가운데 백색왜성 GD 358을 포함한 세 개의 별이 허밍을 한다. 이러한 곡 구성에서 죽어가는 별 GD 358은 마음을 진정시키는 저음을 낸다.

판 데르 엔데의 웹사이트에는 '빠르게 진동하는 별', 즉 매시간 팽창하고 수축하는 별을 음악적으로 편곡한 작품도 있다. 템포는 4천 배 빨라졌음에도 소리는 여전히 느릿하게 들린다. 또 하나의 속도층에서 울려 퍼지는 음악, 지구의 피아노와 하프가 고속으로만 낼 수 있는 음악이다.

숲과 황야로 둘러싸인 커다란 건물의 주차장으로 택시가 진입한다. 밝은 색조의 목재를 대량 사용해 지은 건물로, 쾌적하고 낯익은 외양이다. 학교 건물이 모여 있는 단지나 대안적 돌봄 시설이 연상된다. 좀 더 이국적이고 외계 느낌이 나는 건물을 상상했건만. 주차장에서보면 전파 망원경은 흔적도 보이지 않는다. 전파 망원경의 안테나 수천 개는 현재 유럽 전역에 퍼진 상태로 서로 연결되어 있다. 그 안테나들은 매일 아침 아스트론 연구원들에게 60테라바이트 용량의 우주 정보를 전달한다. (데이터 양으로 환산하자면, 60테라바이트로는 4분 길이의 음악 1,500만 곡을 저장할 수 있다.)

안내데스크로 가니 하이킹 부츠를 신은 건장한 30대 천체물리학자 하리시 베단탐이 나를 맞이한다. 그는 어색한 몸짓으로 내게 팔꿈치 한쪽을 내민다. 코로나19라는 신종 바이러스가 들불처럼 번지고 있는 터다. 어제는 네덜란드 총리가 국영 텔레비전 방송에 출연해 사람들과의 밀접한 신체 접촉을 피하라고 조언하면서 이렇게 우스꽝스러워 보이는 팬데믹 시대의 새로운 악수법을 시연해 보였다.

베단탐은 코로나19 대응 프로토콜에 따라 거의 텅

비어 있다시피 한 자신의 연구실에 의자 두 개를 약 2미터 간격으로 배치해 둔 상태였다. 거리두기가 제 특기거든요, 라고 그는 농담을 던진다. 평소에는 미터가 아닌 광년 단위로 생각한다는 점만 제외하면 그의 특기가 거리두기인 것은 맞다.

베단탐이 커피를 가지러 간 동안 나는 횅댕그렁한 그의 연구실을 둘러본다. 우주를 연상시키는 것이 하나도 보이지 않는다. 지구에서 멀어질수록 볼 수 있는 것이 줄어든다는 생각이 든다. 내가 가진 망원경으로는 적어도 달은 볼 수 있다. 화성도 원격 로봇이 촬영한 사진을 통해 볼 수 있다. 그러나 외계 행성은 예술가들이 표현한 인상으로만 경험할 수 있다. 행성이 어떻게 **생겼을지**를 보여 주는 그림으로만. 심우주로 가려면 상상력이 필요하다. 그리고 하리시 베단탐 같은 사람들의 연구는 추상적인 거리를 더 가깝게 좁혀 준다.

커피를 가지고 돌아온 베단탐이 내 맞은편 의자에 앉더니 무엇이 궁금해서 왔느냐고 묻는다. 오만가지 질문이 순식간에 머릿속을 휩쓴다. 연결성을 탐구하는 과정에서 넓게 보기가 가지는 한계가 있는지, 거리가 친밀감을 가져다준다는 내 느낌이 맞는 건지, 쌍둥이 행성이 우리의 자아상에 영향을 미칠지, 그리고 때로 두려운 점이기도 한데 내 탐구가 사실 일종의 도피일 수도 있는지 등등의 질문들. 하지만 나는 한숨을 내쉬며 이렇게 말한다. 저 바깥에서 무얼 찾고 계신지 궁금해요.

"먼저 저희의 일과에 대해 말씀드리죠." 베단탐이 말한다. 그와 그의 동료들은 로파가 수집하고 측정한 전파를 이용해 새로운 행성을 찾을 뿐만 아니라 이미 알려진 외계 행성의 자기장을 연구한다. "저희가 아는 바로는"이라고 그가 설명한다. "자기장은 생명의 기본 조건 중 하나입니다. 광학 망원경으로는 자기장을 관측할 수 없어요. 전파 망원경이 필요하죠. 저희가 기술을 완성하고 데이터를 제대로 분석하기까지 수년이 걸렸는데, 지금은 일이 빠르게 진행되고 있어요."

그리고, 아뇨. 쌍둥이 행성은 아직 찾지 못했어요. 베탄담이 "아주아주아주아주아주" 오래 걸릴 거라며 웃는다. 그는 예측을 질색하는 사람이지만 운이 좋으면 40년이나 50년, 그렇지 않으면 60년은 걸릴 것이라고 말한다. 그러나 우리에게서 수조 마일 떨어진 곳에서 무언가가 숨 쉬고 성장하고 있는지를 알기까지는 한 세기가 걸릴 수도 있다.

"로파 데이터로는 충분하지 않아요." 그가 말한다. "자기장의 존재는 퍼즐의 한 조각일 뿐이죠. 행성의 거주 가능 여부를 결정하는 요인은 온도, 지질학적 구조, 대기의 구성, 궤도 속도를 포함해 무궁무진하거든요."

현재까지 로파를 통해 이루어 낸 가장 큰 성공은 베단탐과 그의 동료들이 어떤 이상한 전파를 발견하고 그것이 태양보다 작고 차가운 별인 적색 왜성에서 나오는 극광polar lights임을 확인한 일이다. 그리고 오로라라고도 하는 극광은 별과 행성 사이의 상호작용으로 발생하기 때문에 연구원들은 적색 왜성에서 나오는 빛을 단서로 지구와 한 가지 공통점을, 즉 우리가 북극광 혹은 남극광이라고 부르는 오로라를 공유하는 완전히 새로운 외계 행성을 발견했다.

이 이야기를 들려주는 베단탐에게서 점점 활기가 전해진다. 그가 동료들과 해낸 이 획기적인 발견은 전 세계 언론의 헤드라인을 장식했고, 그는 향후 몇 년 안에 이와 같은 종류의 외계 행성을 수백 개 정도 더 발견할 수 있을 것으로 예상하고 있다. 우주 친척을 발견할 수백 가지의 새로운 기회가 생기는 것이다.

여기 드윙글루에서는 간간이 찾아오는 성공이 중요해요, 라고 그가 말한다. "연구를 진전시키는 데는 시간이 걸리고, 그건 과학의 외적 한계에 도전할 때도 마찬가지죠. 잘 닦인 길 같은 건 없습니다. 저는 저희가 하고 있는 연구가 대단히 중요하고 대단히 혁명적이어서 행여나 빠른 돌파구를 찾아 버리면 그 가치가 떨어질 수도 있다는 생각에서 위안을 받는답니다."

혁명은 어제 천문학자 이그나스 스넬렌이 나와 외계 행성 탐구에 대해 스카이프로 대화를 나눌 때 사용한 단어다. 레이던대학교에 있는 스넬렌과 그의 팀은 세계 최대의 광학 망원경 시설인 칠레 아타카마 사막의 초대형 망원경으로 수집한 데이터를 연구하는 중이다.

쌍둥이 행성을 찾는 것은 우리의 기원을 근본적으로 이해할 수 있게 해 주는 '철학적 혁명'이 될 것이다. "진화론과 비교해 보세요"라고 베단탐이 말한다. "동물이 (이를테면 앵무새, 전갈, 소처럼) 세 종류뿐이었다면 다윈은 결코 그런 결론에 도달하지 못했을 겁니다. 지구를 동물의 한 종류로 생각해 보면 이 비교의 의미를 이해하실 수 있을 거예요. 넓은 관점에서 보면 우리의 위치를 파악하고 우리의 행성 지구가 어떤 사슬의 일부인지를 이해하기 위해서는 유사한 '동물'이 필요하다는 뜻이죠." 어제부터 내 머릿속에는 계속 동물로서의 지구의 모습이 떠다니고 있다. 우리가 아직 모르는 행성들과 함께 하나의 사슬을 이루고 있는 동물. 그만큼 몹시 희귀한 동물. 우리의 태양계는 대부분 텅 비어 있는 것처럼 보이지만 우리만큼 많은 행성을 가진 태양계가 아직 발견되지 않았다는 점에서 참 독특해 보인다. 어쩌면 우리 태양계가 은하를 살아 있게 만드는 독특한 존재인지도 모를 일이다.

해가 모습을 드러낸 덕에 베단탐과 나는 걸으면서 대화를 이어 가기로 한다. 두 발로 황야를 가로지르는 동안 우리는 우리 이외의 생명체가 존재할 가능성에 대해 사색한다. 지구와 유사한 행성이 발견될 가능성이 높아지고 있습니다, 라고 베단탐이 말한다. 지금은 은퇴한 케플러 우주 망원경의 데이터를 보면 지구와 지름이 같고 골디락스 존에서 별의 궤도를 돌고 있는 새로운 외계 행성이 존재한다. 2018년 NASA는 보다 심도 있는 외계 행성 탐구를 위해 케플러의 후계자인 테스TESS를 우주로 보냈다. ESA 또한 지구의 쌍둥이 행성을 찾고 있다. ESA는 2019년 12월 작은 외계 행성 400~600개의 구성 성분과 질량, 밀도를 연구해 그 행성들이 기체 행성인지, 고체 행성인지, 지구형 행성인지를 판단하고자 우주 망원경 키옵스CHEOPS를 발사하기도 했다. 나중에 키옵스의 후계자 플라토PLATO는 후자의 범주에 속하는 지구형 행성들을 추가 연구하게 될 것이다. 이렇게 각각의 새로운 프로젝트가 서로 다른 측면에 초점을 맞추어 성간 퍼즐의 조각들을 하나하나 맞춰 나갈 계획이다.

베단탐과 나는 1956년 처음 개시되었을 당시 세계 최대 규모였던 오래된 전파 망원경을 지나친다. 이 전파 망원경이 발견한 것 중에는 지구에서 약 1천만 광년 떨어진 곳에 위치한 작은 은하 두 개가 있는데, 각각 명칭이 드윙글루 I, 드윙글루 II다. 두 은하가 이 메마른 네덜란드 황야를 향해 고갯짓으로 인사를 보내고 있는 것이다.

베단탐은 내게 우주에서 혼자가 되는 것과 어딘가에 다른 생명체가 존재한다는 사실을 아는 것 중에 무엇을 선호하느냐고 묻는다. 내게는 깊이 생각할 필요가 없는 질문이다. 인간이 이 무한한 우주에서 유일한 존재라는 생각은 우울하기만 할 뿐이니까. 게다가 책임감도 너무 막중해지지 않나. "선생님은요?" 내가 되묻는다.

베단탐이 잠시 생각에 잠긴다. "온 사방에 생명체가 존재한다는 사실이 밝혀지면 경이로울 것 같습니다. 하지만 아무 생명체도 발견하지 못하고 우리가 완전히 유일무이한 하나의 현상임이 밝혀진대도 괜찮아요. 뭐가 됐건 그 가능성을 전혀 알 수 없다는 게 참 어려운 부분이죠. 생명이 뭐라고 생각하세요? 알지 못하는 것을 어떻게 이해하세요? 저희는 여기서 무얼 찾고 있는지 제대로 알지도 못하면서 매일 그걸 찾고만 있거든요."

우리는 계속 발걸음을 옮긴다. 엷은 갈색, 노란색, 연한 주황색 등 목성의 색을 띠는 황야가 우리 주위에 펼쳐져 있다.

나는 베단탐의 말에 대해 생각해 본다. 책과 영화에 등장하는 외계 생명체는 항상 우리와 얼마간 닮아 있다.

175

SF가 발명된 이래로 외계 생명체는 우리보다 좀 더 좋게 그려지든 나쁘게 그려지든 우리 자신의 연장선이었다. 쿠르드 라스비츠의 인기 SF 소설 『두 행성』Two Planets에 등장하는 화성인들은 평화를 애호하는 생명체로, 거대한 두 눈을 통해 우리 인간을 작은 눈을 가진 잔인한 종으로 인식한다. H. G. 웰스의 『우주 전쟁』 속 외계 생명체는 이와 정반대다. 지나치게 커다란 머리에 비실비실한 몸을 가진 악하고 어리석은 존재, 사실상 퇴보한 인간에 가깝다. 한편 외계 생명체가 보기 흉한 인간 로봇 형태가 아닌 경우에는 지구에 사는 어떤 동물의 변종으로 그려진다. 가령 테드 창의 단편소설을 원작으로 한 영화 〈컨택트〉에 등장하는 헵타포드는 거대 문어처럼 생겼다. E.T.는 거북이, 알프는 개미핥기, 〈에일리언〉의 괴물은 아귀를 닮았다.

어떻게 상상할 수 없는 대상과 관계를 맺을 수 있을까? 외계 행성의 생명체가 너무나 낯설어서 그것을 인식할 방법조차 모른다면, 우리가 아는 그 어떤 것과도 무관하다면, 그러면 그것을 이해할 방법도 없다. 낮게 내리쬐는 겨울 오후 햇살 아래서 이런 생각을 하고 있자니 조금 서글퍼진다. 어딘가에서 우연히 다른 생명체를 마주치더라도 그것을 인식조차 못할 가능성이 농후하다니.

하늘에 구름이 끼기 시작하더니 황야가 어두워진다.

베단탐과 나는 아스트론 건물로 발길을 돌린다. 그리고 주차장에서 어색하게 고개를 살짝 숙여 인사를 나눈다. 택시를 기다리면서 하늘을 보니 내 시선이 실제로 어디까지 가닿을 수 있을지 궁금해진다. 우주 반대편의 어딘가에 뿌리내린 어떤 낯선 문명이 지구를 향해 망원경을 들이댄 채 여기에 누가 살고 있는지를 파악하려 들고 있지는 않을까. 참 별난 생각이다. 우리가 다른 누군가의 하늘에 찍힌 작디작은 점일 수도 있다니.

외계 생명체에 대한 생각이 머리에서 떨쳐지지가 않는다. 드윙글루 마을을 방문한 다음 날, 나는 수백 명의 과학자가 외계 행성의 외계 문명을 탐색하는 국제 프로젝트인 '획기적인 듣기'Breakthrough Listen를 깊이 파고든다.

그러다 외계의 지적 생명체 연구를 전문으로 하는 인류학자 클레어 웹의 논문을 만난다. 그 논문에서 웹은 연구 수행 방식을 연구한다. 우주를 관찰하는 과학자들을 관찰하는 것이다. 웹은 외계 생명체를 관찰하고 싶다면 내가 아는 무언가를 외계의 것으로 대하는 태도가 도움이 된다고 말한다.

요컨대 미지의 존재(이 경우에는 외계 생명체)를 인식하려면 어떤 식으로든 그것을 인식할 수 있게 만들어야 한다. 우리 뇌는 예상하지 못한 것을 마주하면 그와 관런해 참고할 만한 기준점을 갖고 있지 않은 탓에 아예 인식을 못하는 터다.

일단의 사람들이 서로에게 농구공을 던지는 그 유명한 짧은 실험 영상을 생각해 보자. 그리고 누군가에게 그 장면을 보여 주면서 볼이 몇 번 던져졌는지를 물어보자. 그러면 상대방은 (열일곱 … 아니, 열셋 … 아니, 열다섯 번) 나름의 대답을 할 텐데, 그런 다음 고릴라를 보았냐고 물어보면 '무슨 고릴라?'라며 의아해할 것이다. 농구공 던지는 사람들 사이를 꼿꼿한 자세로 걸어간 고릴라, 농구공이 튕기는 횟수를 세는 데 열중하느라 보지 못한 고릴라 말이다.

예상치 못한 것을 볼 수 있으려면 일종의 경각심을, 즉 불규칙성을 포착할 수 있는 방식의 시선을 길러야 한다. 실천은 어렵지만 그렇다면 거꾸로 생각해 보는 것도 방법이라고 웹은 말한다. 평범한 것을 낯설게 만들고, 아는 것을 모르는 것으로 만들어 보라고.

외계 생명체의 시선으로 세상을 바라보기. 외계 생명체를 인식하고자 하는 과학자라면 먼저 기존에 알던 것을 잊고 새로운 시각을 견지해야 한다. 그렇게 하면 인간이 무엇인지, '자아'가 무엇인지와 관련해 완전히 새로운 개념이 탄생할 수 있다.

외계의 지적 생명체는 완전히 다른 시간 감각을 갖

고 있을 수도, 우리를 개별적인 존재가 아니라 생장과 부패로 이루어진 연쇄 작용의 일부로 볼 수도 있다. 그들의 눈으로 보면 우리는 우리가 생각하는 자율적 존재가 아니라 보편적인 구성 요소의 일시적 조합일지도 모른다. 탄소, 마그네슘, 철. 이 보편적인 요소들이 우리 삶이 이어지는 동안 기억 그리고 이야기와 뒤범벅되어 우리가 인간이라고 부르는 존재가 되는 것이다.

그날 저녁 나는 동네를 거닐며 내게 익숙한 풍경을 외계 생명체의 눈으로 바라보는 시도를 해 본다. 앞마당, 인도, 열 맞춰 주차된 차들, 개들, 개들과 산책하는 반려인들, 찻집 입구 부근에서 시끌벅적 떠드는 단골들, 쓰레기 수거 차량이 일주일에 세 번만 오는데도 매일같이 길거리에 투척되는 대형 쓰레기들.

외계 생명체의 눈으로 보기. 이 말을 만트라처럼 읊조려 본다. 하지만 아무리 애써 봐도 모든 것은 여전히 평범하게만 보인다. 평범하고(이 사실을 깨닫는 순간 심장 박동이 조금 빨라지는데) 그 어느 때보다도 편안하게 느껴진다.

15 아무 데도 없고, 어딘가에 있고, 모든 곳에 있는

혼자 저녁 산책을 하고 사흘이 지났을 때 정부에서 전국적인 봉쇄 조치를 발표한다. 더는 전파 망원경을 보러 갈 수도, 화성 실험실이 있는 도시로 여행을 떠날 수도 없다. 길고 횅한 밤이 흘러간다. 각종 행사도 온라인으로 전환되었지만 나는 도저히 마주할 수가 없다. 줌 화면에서 펼쳐지는 얼굴과 대화와 토론을.

그것들을 마주하느니 외계 행성으로부터 영감을 받은 예술가들의 작품을, 특히 과학자들이 생명체가 존재할 수 있다고 생각한 외계 행성을 소재로 삼은 작품을 온라인으로 찾아보는 것이 좋다. 이러한 작품들은 예술가들이 곳곳에서 수집한 정보에 자기만의 상상력으로 살을 붙여 탄생했다. 과학과 상상력이 절반씩 결합한 결과물. 연보라색의 프록시마 켄타우리, 벽돌색의 케플러-62f, 청회색의 (벨기에 연구팀이 발견한) 트랩피스트-아이브. 우리가 결코 방문하지 못할 세계들.

그래도 그 세계들은 성간 우주를 떠다니는 인류의 청사진인 '골든 레코드'처럼 우리를 기억할 무언가를 여전히 품고 있을지도 모른다. 내가 봉쇄 기간에 연구한 NASA의 탐사선 보이저 1호와 2호에 하나씩 부착된 두 개의 금색 디스크 말이다. 1977년 여름 보이저 1호와 2호는 과학 임무 수행을 위해 우리의 태양계 깊숙한 곳으로 떠났다. 그러다 목성과 토성을 통과한 후(보이저 2호는 천왕성과 해왕성이 있는 곳까지 갔다) 두 탐사선은 거대한 행성의 중력에 의해 성간 우주로 휙 날아가 버렸고, 지금은 초속 약 17킬로미터, 시속 약 55,000킬로미터 속도로 우주를 질주하고 있다.

골든 레코드는 우리가 여기 지구에서 보낸 메시지를 담은 기록물이다. 10억 년 동안 유지될 수 있도록 제작된 LP에 우리의 말과 노래가, 우리의 동물과 풍경이, 90분 분량의 음성과 118개의 암호화된 이미지로 구성된 '푸른 행성의 베스트'가 저장되어 있다.

(NASA가 머나먼 기체 행성을 최초로 촬영할 수 있게 해준) 보이저 탐사선의 카메라는 현재 가동이 중단되었지만 나머지 장비는 대부분 계속 작동 중이다. 이 두 탐사선은 지구에서 약 233억 킬로미터 떨어진 곳에서 계속 우리에게 데이터를 전송하고 있다.

봉쇄의 혼란스러운 첫 단계를 헤쳐 나가는 동안 내게 도움이 된 것은 인류의 가장 시적인 임무 중 하나인 골든 레코드다. NASA 웹사이트를 방문하면 천문학자 칼 세이건이 이끈 소규모의 과학자 및 예술가 팀이 외계의 청취자에 들려주기 위해 일종의 생명의 신호로써 수집한 음악을 청취할 수 있다. 여기에는 베토벤 음악, 아제르바이잔 백파이프 소리, 조지아의 시위 노래, 블라인드 윌리 존슨의 〈밤은 어둡고 땅은 차갑고〉를 감미롭게 편곡한 음악 등이 수록되어 있다.

골든 레코드는 별난 프로젝트이고, 당연하게도 불완전하고 과대망상적이다. 어떻게 지구상의 모든 생명체를 90분 분량의 음성과 118개의 이미지로 표현할 수 있겠나? 세이건이 이끈 팀은 일단 좋은 첫인상을 남기는 것이 중요하다고 생각했다. 그래서 기근도, 전쟁도, 폭력도, 찌푸린 눈살도, 공장식 농장에 사는 닭도 담지 않았다. 블라인드 윌리 존슨의 목소리는 담되, 그가 극심한 가난 속에 죽게 만든 인종차별은 담지 않았다.

그럼에도 지금 태양계 바깥의 저 망망한 공간을 떠다니는 골든 레코드 속 음악을 듣고 있자면 위안이 찾아온다. 세네갈의 북소리, 페루의 팬파이프 소리, 55개 언어로 우주를 향해 보내는 인사말. 어쩌면 전부 과하다 싶을 정도로 낙관적인 기운을 뿜어내서일지도 모른다. 레코드를 제작한 당시로부터 40년이 지난 지금 우리가 새로운 골든 레코드를 제작한다면 어떤 것을 담게 될까? 이 레코드를 수신할 존재를 볼 수 있다면 판단에 도움이 될 것이다. 누가 됐건 혹은 무엇이 됐건, 인사를 보낼 존재가 있다면.

나는 초거대 망원경(VLT)의 웹캠을 통해 곳곳을 둘러본다. 카메라 렌즈가 텅 빈 천문대 부지를 부드럽게 훑으며 좌우로 길게 늘어진 파노라마 영상을 촬영한다. 인간의 존재를 상기시키는 것이라고는 하얀 건물 사이에 마구잡이로 주차된 골프 카트뿐인데, 배경으로 펼쳐진 지형이 황량하기 그지없어 언뜻 외계 생명체의 거주지를 연상시킨다.

VLT 상공의 밤하늘은 세상에서 가장 맑다. 온 사방에서 별빛이 반짝인다. 그런데 보통 우주에 초점을 맞추고 있는 커다란 거울이 지금은 돔 건물 안에 밀봉되어 있다. 팬데믹으로 인해 망원경을 작동시킬 인력이 없는 탓이다. 우주를 향해 있는 우리 눈이 꽉 감겨 있는 것이다.

코로나19가 전 인류에게 퍼지지 않았다면 지금 나는 폴란드 북서쪽 외딴 곳에 자리한 작은 마을 피와Piła로 떠날 채비를 하고 있었을 것이다. 엄선된 과학자, 공학자, 의료 전문가로 구성된 집단이 외부 세계와 차단된 돔에 모여 고립 상태에서 발현되는 인간 행동을 연구할 예정이었기 때문이다.

돔을 운영하는 아날로그 연구 기지 룬아레스LunAres

는 우주에서의 장기 체류가 미치는 심리적·생리적 영향에 관한 복잡한 연구의 일환으로 유인 우주 임무를 시뮬레이션한다. 프로젝트 리더가 설명해 준 바에 따르면 원래 나는 참가자 중 한 명으로 그곳에 2주간 머물면서 하루에 두 시간씩 나만의 '달 작업실'에서 근무할 계획이었다. 지구에서 분리된 내 모습을 상상하며 장거리 임무라는 허구에 나 자신을 완전히 내맡기는 경험을 나는 **간절히** 바랐다.

그러나 폴란드는 봉쇄되었고, 유럽 내부 국경도 폐쇄되었다. 내가 그토록 고대했던 고립은 또 다른 고립으로, 더 어설픈 고립으로 대체되었다. 학교와 어린이집도 팬데믹으로 문을 닫았고, 조부모님이 아이들을 돌봐 주는 것도 불가능해졌으며, 데이비드는 매일 아침 마감 시간을 맞추기 위해 텅 빈 뉴스 편집실로 허겁지겁 출근한다.

나는 홈스쿨링을 시도한다. 큰애의 유치원 교과 과정은 거들떠보지도 않는다. 처음부터 시작해야겠다고 마음먹은 터다. 빅뱅부터. 우리는 유튜브에서 빅뱅의 울림을 듣는다. 우주 배경 복사를 소리로 변환한 울림이다. 신경을 건드리며 윙윙대는 고음이 점점 낮아지고 느려지더니 우르릉거리는 소리로 변한다. 움직이는 차의 뒷좌석에서 잠자던 기억이 어렴풋 떠오른다.

아이들이 천 가지에 이르는 우주 관련 질문을 던지

는데 나로서는 대체로 대답할 방도가 없다. 빅뱅은 어디에서 시작된 거야? 왜 우리는 다른 별이 아니라 이 태양 주변을 도는 거야? 왜 우주는 어둡고 별은 밝아?

우리는 허블 울트라 딥 필드 사진을, 내 모든 여정의 시작점인 반짝이는 빛의 파편을 들여다본다. "다 쪼개졌네"라고 작은애가 결론을 내리듯 말한다. 나는 고개를 끄덕인다. 아이들이 태양계의 작동 방식을 알고 싶어 하길래 다 같이 태양계 모델을 만들어 보려 하지만 끈이 자꾸만 가닥가닥 엉킨다. 종이를 뭉쳐 만든 행성들이 흡사 지구에 보내는 냉소적인 메시지처럼 탁자 위에 널려 있다.

그날 저녁 뉴스에서는 장기 고립을 경험한 네덜란드 우주 비행사 안드레 카위퍼르스가 자가 격리 요령을 일러 준다. 불안감을 터놓고 말하고, 서로의 이야기를 듣고, 숙면과 신체 활동을 계속하라는 것이다. 갑자기 모든 사람이 지구의 우주 비행사가 된 느낌이다. 물론 버크민스터 풀러가 한 말[1]이 이런 의미는 아니다. 우리는 데이비드 포스터 월리스가 말한 아무 제약 없는 물속의 물고기보다는 통조림 속의 정어리에 가깝다.

---

[1] "우리 모두는 지구라는 우주선에 탄 우주 비행사다."

결국 봄은 도래한다. 팬데믹에 관한 뉴스, 그리고 미국을 비롯해 세계 각지에서 발생한 대형 산불에 관한 뉴스가 번갈아 들려온다. 유엔 보고서는 기후 위기가 일련의 최악의 시나리오를 따르며 전개되고 있다고 경고한다. 어느 지역의 한 시위 단체는 '우리는 정상으로 돌아갈 수 없다. 정상이 문제이기 때문이다'라는 문구가 적힌 전단지를 도시 곳곳에 붙인다. 백신 반대자들은 이 전단지 위에 '가짜 뉴스'라고 적힌 스티커를 붙인다. 어느 분노에 찬 이웃은 동네의 모든 쓰레기통과 가로등을 직접 제작한 스티커로 빈틈없이 뒤덮는다. 흰 배경에 알파벳 대문자가 검은색으로 새겨진 스티커다. '다 틀렸어.'

"뭐가 틀렸다는 말씀인 거예요?" 어느 날 나는 스티커를 붙이고 있는 그 이웃 옆을 지나다 묻는다. "전부 다요." 그가 말한다. "다 틀렸어요." 심오한 진리인 동시에 말도 안 되는 헛소리 같은 그의 말이 내 머릿속에서 소용돌이친다.

온 세상이 숨죽이고 있는 것 같다. 집 앞 광장이 이렇게 조용할 수 있으리라고는 생각지도 못했다. 새들을 제외하면 집 주변의 그 어떤 것도 움직이지 않는다. 그나마 정기적으로 지나가는 차라고 한다면 매일 아침 밥을 태우러 오는 적십자 사의 밴이다. 밥은 매일 그 밴을 타고 봉쇄로 인해 어려움에 처한 암스테르담 시민들을 만나러 간다. 거기에서 식료품을 무료로 나눠 주고 노약자에게 교통편을 제공한다. 밥이 흰색으로 된 적십자 사 작업복에 장갑을 끼고 얼굴 절반을 가리는 마스크를 착용한 채 집을 나서는 모습을 볼 때마다 환상이 현실을 덮친 것 같은 기분이 든다.

밥은 지구의 우주 비행사다. 그는 위험에 처한 행성에서 임무를 수행할 준비가 되어 있다. 개인 보호 장비를 착용한 그는 외로워 보인다. 그러나 요즘에는 모두가 외로워 보인다. 우리는 거꾸로 여행하는 우주 비행사다. 저 위에서는 거리가 친밀감을 자아내고, 이 아래에서는 가까움이 불안을 낳고 따라서 거리가 생겨난다.

슈퍼마켓에 가면 사방에 형성된 사회적 거리두기의 원 때문에 혼란에 빠진다. 나는 바짝 긴장한 몸으로 상품 진열대를 따라 걷다가 실수로 반경 약 2미터 거리두기를 위반하기라도 하면 마치 천체를 이동시켜 행성이 궤도에서 벗어나게 만들기라도 한 것처럼 순간적으로 움찔하며 죄송하다고 중언부언한다. 머릿속이 뒤죽박죽이다. 감금당한 동시에 감금을 갈망하는 기분이다. 내가 좌표를 설정할 수 있는 격자판은 없을까.

어쩌면 내가 지구에 존재하는 형태의 우주공포증astro-phobia에 시달리고 있을지도 모르겠다는 생각이 스친다.

전에 접해본 적 있는 용어이지만 이제야 이해가 된다. 우리가 어지러이 정신없이 통과하고 있는 말도 안 되게 거대하고 아무것도 아닌 무언가에 대한 두려움. 내가 공간적 우주를 설명하기 위해 사용하는 용어들이 순전 헛소리라는 깨달음이 밀려든다. 우주에 '머나먼 가장자리' 같은 건 없다. 우리를 '둘러싸고' 있는 것도 없다. 무한에서는 우리의 위치를 판단할 수 있는 여기도, 저기도 없다. 우리는 우주의 심연에서 좌표 없이 떠다니고 있을 뿐이다. 너무 공포스럽지 않은가.

나는 온라인에서 우주공포증에 시달리는 사람들의 이야기를 읽는다. 작년에 열린 한 토론 게시판에서 전차 운전사 피터는 브레이크를 밟고 차량을 멈춰 세울 때마다 우주가 자신을 어떤 꽝꽝 얼어붙은 거대한 어둠 속으로 내던지는 듯한 느낌을 받았다고 전했다. 두려움에 마비된 그는 일과를 마치고 차고지에 도착할 때까지 벌벌 떨면서 시내를 내달렸다.

피터에게 묻고 싶다. 그 두려움을 극복했느냐고. 극복했다면 어떻게 극복했느냐고. 그러나 지금 그 게시판은 운영이 중단된 상태다. 그래서 나는 상상해 본다. 봉쇄가 한창인 요즘 같은 시기에 피터가 텅 빈 전차를 몰고 도시를 가로지르는 모습을. 정류장마다 사람이 한 명도 없어 잡담을 나누며 마음을 달래지도 못하는 모습을.

제정신을 붙들기 힘든 우주에서 불안에 휘말린 전차 운전사를.

나는 창가로 걸어가 광장과 카페와 벤치와 라일락과 창문 바로 아래 앞마당에서 조심조심 모습을 드러내는 봄의 빛깔을 바라본다. 풀협죽도, 가막살나무, 그리고 밥의 라벤더가 발하는 빛깔.

아무 데도 존재하지 않는 것 같은 느낌은 내 생각에 **어딘가**에 존재함으로써만 극복할 수 있다. 어디에 있든, 지금 있는 장소와 나 자신을 연결시켜야 한다. 문득 내가 어디에 있는지 모른다는 사실이 어처구니없게 느껴진다. 물론 내 집에 있다는 것은 알지만 그 밑의 땅은, 내 정원의 깊이는 알지 못한다. 나와 가장 가까운 지구의 일부를.

발코니의 붙박이장에서 삽을 하나 꺼내 아래층으로 내려간 다음 포석 몇 개를 들쑤셔 들어내 본다. 모래, 개미, 딱정벌레, 전선, 파이프, 벌레, 작은 동물들이 파 놓은 온갖 구멍 따위가 보인다. 그리고 물이 있다. 이 동네의 지하수위가 높다는 사실을 알고 있었음에도 소스라치게 놀라지 않을 도리가 없다. 어떻게 이렇게 많은 물 위에서, 이렇게 물 가까이에서 살 수 있는 걸까?

삽이 나를 데려갈 수 있는 범위의 한계에 다다른 후

에는 글을 읽고 또 읽는다. 가족과 내가 밟고 사는 흙에 관한 글을, 집을 지지하는 말뚝을 감싸는 산산이 조각난 조개껍데기에 관한 글을 읽는다. 스칸디나비아의 빙하와 함께 우리 동네로 밀려들어 온 수십 미터의 모래가 나중에는 툰드라를 형성했다는 글도 읽는다. 우리 집이 위치한 땅 아래 약 36미터 지점은 곰, 매머드, 심지어 코뿔소까지 거닐었던 곳이라고 한다. 지금 라벤더가 핀 곳에 털코뿔소가 있었던 것이다.

그보다 더 아래, 툰드라와 모래보다 더 깊은 곳에는 바위가 있다. 그리고 그보다 더 깊숙이 내려가면 비교적 얇은 지각과 용암의 핵이 있다. 그리고 그 너머로 가서 지구의 중심을 지나면 지각과 지층이 마치 거울을 들여다보듯 다시 모습을 드러내고, 그 위로는 정확히 지구 반대편에 위치한 태평양이 펼쳐지며, 여기와 저기 사이의 무수한 연결 덕분에 지금 내가 있는 이곳의 일부를 만나게 된다.

이렇게 지구로 떠난 여정을 나중에 데이비드에게 말해 주니 그는 웃고 만다. "탈출구를 찾으러 이제 지하로 가겠다고?" 나는 고개를 젓는다. 내가 있는 곳에서 탈출하고 싶은 것이 아니라 그저 이곳을 확장하고 싶을 뿐이다. 그날 저녁, 코로나19 대응 조치가 시행된 이후 처음으로 나는 심한 고립감에 시달리지 않는다. 내가 어디에 있는지를 알게 되어 기쁠 따름이다. 내가 어딘가에 존재한다는 기분을, 그리고 그 어딘가를 통해 어디에든 존재할 수 있다는 기분을 느낄 수 있어서 기쁘다.

여름 같은 봄이다. 뜨겁고 건조하다. 집과 집 주변의 한 정된 구역에 갇혀 있으니 그 어느 때보다 강렬하게 계절 을 경험하게 된다. 자라나는 모든 것이 일제히 숨을 내 쉬고 별안간 싹을 틔우고 꽃을 피우는 것 같다. 사방이 싹과 꽃 천지다. 코로나19로 문을 닫은 새로운 길거리 카페 위로 벚나무의 연분홍 차양이 드리운다.

몇 주간 집에만 틀어박혀 있던 우리는 앞마당으로 나가 자리를 잡는다. 우리 집 왼편에 사는 이웃들 그리 고 밥과 함께 나비와 벌을 유인해 보겠다고 공유 공간에 심어 둔 꿀꽃이 한가득하다. 이른 무더위가 슬금슬금 덮 쳐 온 후로 낮 시간을 실내에서 보내고 있다. 커튼을 치 고 창문은 열어 둔다. 스프링클러 사용이 또다시 금지되 자 존은 그 퉁퉁한 배를 더더욱 드러내 놓고 다닌다. 아 침이면 밥이 '우리는 함께다'라는 문구가 적힌 붉은 기를 게양한다. 천으로 제작된 깃발이 아침부터 밤까지 훈풍 에 펄럭인다. 우리끼리 자치 공화국에 살고 있기라도 한 것 같다. 앞마당의 합중민合衆民이랄까.

나는 홈스쿨 교과 과정을 몇 단계 훌쩍 뛰어넘어 아이들이 좋아라 하는 공룡 시대에 도달한다. 이번 주에 할 프로젝트는 아이들이 아끼는 동물들을 멸종시킨 운석을 만들어 보는 것이다. 거대한 종이반죽을 만지작거리는 작업에 아이들이 어찌나 마음을 빼앗겼는지, 드디어 나 혼자 보낼 수 있는 시간이 얼마간 주어진다. 온라인으로 주문한 책『너머의 삶: 교도소에서 화성으로』Life Beyond: From Prison to Mars를 앉은 자리에서 끝까지 읽을 수 있을 정도의 시간이다.

천체 물리학자 찰스 S. 코켈이 시작한 한 프로젝트에서 스코틀랜드 교도소 수감자들이 천체 물리학자들과 함께 화성 정착지를 설계한 일이 있었다.『너머의 삶: 교도소에서 화성으로』는 이 정착지 설계와 관련된 물류, 기술, 기반 시설의 세부 사항뿐만 아니라 그 붉은 행성 정착지에서 향후 2세기를 내다보며 지구의 가장 시급한 문제에 대한 해결책을 모색한 일정을 담고 있다. 책의 뒷부분에는 각양각색의 수감자가 작성한 가상의 이메일이 실려 있는데, 각자 화성으로 향하는 최초의 우주선에 탑승한 승무원이 된 상황을 상상한다. "붉은 색깔이 꼭 향신료처럼 깊고 진하다. 형태는 익숙하지만 오염되지 않아 낯설고, 물이 없는 강의 지류는 새롭지만 오래된 세계를 가로지르며 뻗어 있다."

A New Yet Ancient World

이 일련의 이메일은 미지의 영토를 헤쳐 나가는 사람들이 들려주는 파괴되기 쉬운 이야기다. 정복자가 아닌 생존자들의 이야기다. 그들은 마음속에서 발을 질질 끌며 우리의 차디찬 먼지투성이 이웃 행성을 거닌다. 그들이 동원할 수 있는 기술은 언어와 환상뿐이다. 허나 그것으로 충분하다. 시인 뮤리얼 루카이저가 말했듯 "우주는 원자가 아니라 이야기로 이루어져 있다."

『너머의 삶: 교도소에서 화성으로』는 어딘가에 갇힌 듯한 내 감정을 보다 넓은 관점에서 바라보는 데 꼭 필요한 책이다. 책 속 수감자들이 스코틀랜드 교도소에서 우주론적 인식을 배양할 수 있다면 나도 여기서, 내 집에서 할 수 있을 것이다.

수감자들이 각자의 우주 여행을 어떻게 회고하고 있을지 궁금해진 나는 코켈에게 이메일을 보내 내가 그들 중 누군가와 이야기를 나눠볼 수 있을지 묻는다. 코켈은 엄격한 봉쇄 조치로 인해 내 요청을 들어줄 수는 없지만 자신은 기꺼이 나와 대화를 나눌 의향이 있다며 신속히 답변을 보내온다. 두 아들이 만든 운석은 이제 어마어마한 크기로 불어났고 사방에 접착제가 흘러내리고 있다. "인간도 쓸어버릴 수 있는 운석을 만들고 있어!" 큰애가 신나서 외친다. 나는 엄지손가락을 치켜세워 주고는 에든버러에 있는 코켈에게 전화를 걸기 위해 위층으로 올라간다.

코켈은 화성에 관한 생각이 어떻게 수감자들을 우주에 '재배치'했는지를 말해 준다. 수감자들은 추방된 자로서 일상 세계와는 다른 현실에 더 쉽게 공감할 수 있었고, 훼손되지 않은 화성의 공허야말로 그들에게 영감이 되었다는 것이다. 텅 빈 행성은 집단적 상상력을 자극한다.

나는 코켈에게 우리가 화성에 물리적으로 존재함으로써 그곳의 공허를 압도해 버리면 어떤 본질적인 것이 사라지지 않겠느냐고 묻는다. 우주가 그 누구의 것도 아닌 이상, 우주는 모두에게 속하니까. 코켈은 내 질문에 대해 곰곰 생각한 후 이렇게 답한다. "그 질문에 대한 확실한 답은 없습니다. 하지만 우리가 태양계와 맺은 관계를 자문해 보고, 행성 간 여행을 계기로 인간이 교만해지지 않도록 해야 할 겁니다." 그는 '우주 중심적 윤리'라는 용어를 사용한다. 이는 우주 전체를 비롯해 아무리 하찮아 보일지라도 존재 가능한 모든 형태의 생명체를 포괄하는 윤리 체계를 말한다. **우주 중심적**이라는 표현은 언뜻 그 자체로 모순적이다. 그러나 그 모순이야말로 이 표현이 가진 이점일지도 모른다. 우리 모두를 의미하는 단 하나의 중심을 제외하고는 '중심'이란 없다는 사실을 상기시키니 말이다.

아래층에서 누군가가 물풀 웅덩이에 미끄러졌는지 위층으로 이어지는 계단에 끈적끈적한 종이 반죽 뭉치가 다 튀어 있다. 나는 서둘러 코켈에게 감사 인사를 하고 전화를 끊는다. 그리고 그날 내 남은 하루는 가정 내 거대한 운석 충돌로 발생한 재앙을 수습하느라 허비되고 만다.

다음 날 나는 한 텔레비전 쇼에 초대받는다. 테슬라의 거물인 일론 머스크의 회사 스페이스X에서 제작한 우주선 크루 드래건Crew Dragon 발사에 대해 논평을 해 달라는 요청이다. 민간 우주 기관이 인간을 궤도로 보낸 것은 이번이 처음으로, 실로 역사적인 사건이다.

언론은 지난 수일간 이 우주선 발사에 몰두했다. 그들은 이 사건이 우주 여행의 민주화를 의미한다고, 이로써 더는 정부가 우주 여행을 독점하지 못하게 되었다고 쓴다. 확실히 이번 발사는 끝이 보이지 않는 듯한 팬데믹 관련 소식만 주야장천 전하던 언론의 입장에서 볼 때 반가운 변화다.

그러나 그 환희에 찬 어조가 내게는 거슬린다. 일론 머스크, 그리고 그의 동료인 억만장자 제프 베이조스와 리처드 브랜슨은 현대판 우주 남작이다. 행성 간 귀족정치가 내 귀에는 그다지 민주적으로 들리지 않는다.

말하자면 몇 명의 억만장자가 정부의 독점을 깨뜨렸다고 해서 갑자기 전 세계 모든 사람이 우주에 접근할 수 있게 되는 것은 아니다. 찰스 코켈과의 대화를 곱씹어 보면 오히려 그 반대일지도 모른다. 텅 빈 행성이 집단적 두뇌 공간을 상징한다면, 식민지화는 분명 우리에게서 그 공간을 앗아갈 것이다.

머스크와 브랜슨은 화성을, 베이조스는 지구와 화성 사이의 공간을 식민지화하고 싶어 한다. 1958년, 추후에 미국의 대통령이 되는 린든 B. 존슨은 "우주를 통제한다는 것은 곧 세계를 통제한다는 것을 의미합니다"라고 말했다. 자신이 소유한 민간 기업에 수십억 달러를 투자하고 국가 우주 기관과 계약을 맺은 남작들이 순조로이 저들만의 길을 가고 있다.

그들이 구사하는 언어는 특정한 전망을 배반한다. 그들에게 우주는 마지막 개척지로서의 우주, 식민지를 건설할 장소로서의 우주다. 가만 보면 식민지화라는 단어가 지닌 과거의 무게에 아무런 중압감을 느끼지 못하는 것 같다는 생각이 들 정도다. 바로 이 주제와 관련된 한 인터뷰에서 미국 천문학자 루시안느 발코비치는 외계 관련 맥락에서 **식민지화**라는 단어를 쓰는 것에 반대한다고 말했다. 발코비치의 말에 따르면 그렇게 의미심장한 단어는 "우리의 미래를 특정한 틀에 가두는 동시에 어떤 의미에서는 과거를 편집"한다.

화성 탐사 윤리의 전문가인 발코비치는 우주가 배제의 장소가 될까 봐 두려워한다. 발코비치가 선호하는 용어는 **거주**다. 게다가 발코비치는 **유인**manned 우주 여행이라는 말도 당장 쓰레기통에 버려야 마땅하다고 생각한다. 가만, 그러면 **승무원**crewed이라는 말도 사라져야 하는 거 아닌가, 라고 나는 생각한다. 새로운 현실에는 새로운 언어가 필요하지 않겠나. 나는 스코틀랜드의 수감자들과 그들이 남긴 세심한 스케치, 억만장자들의 남성 우월주의적인 이야기와 극명하게 대조되며 언제라도 파괴되기 쉬운 이야기를 떠올린다.

초대 요청에 대한 내 응답을 가만히 기다리던 토크 쇼 제작부 편집자가 세트장은 "코로나19로부터 완전히 안전"하다고 장담한다. 나의 망설임과 침묵을 분주한 텔레비전 스튜디오에서 코로나19에 감염될지도 모른다는 두려움으로 읽은 모양이다.

나는 내가 우주에 관심이 있기는 하지만 철학적·사회적·시적 관점에서 관심을 두고 있는 것이라고 말한다. 보통 '-적'이라는 말을 나열하면 제작부에서는 최대한 빨리 전화를 끊는다. 그런데 이번 편집자는 바로 그 관점을 원했던 듯하다. "좋아요"라고 그가 말한다. "다른 두 초대 손님도 꽤 열정이 넘치는 분들이니 서로 대조되는 측면을 잘 활용해 볼 수 있겠네요."

　다른 두 초대 손님은 남자다. 치어리더처럼 호응하는 두 남자, 그리고 찬물을 끼얹으며 흥을 깨는 한 여자. 후회할 만한 조합이다. 그래도 나는 하겠다고 답한다. 몇 주간의 자가격리 끝에 마침내 낯선 사람들과 한 공간에 앉아 있을 수 있다고 생각하니 거부할 수가 없다.

토크쇼는 한 주간의 주요 뉴스를 요약하면서 시작된다. 전 세계에서 벌어지고 있는 '흑인의 생명도 중요하다' 시위에 대다수의 관심이 집중되어 있다. '체계적인 인종주의가 진짜 팬데믹이다'와 '체제를 탈식민화하라'는 자주 보이는 피켓 문구 중 일부에 불과하다. "모두가 강제로 실내에 머물러야 하는 상황에 우주 여행 이야기를 하다니 아이러니하군요"라며 초대 손님 중 한 사람이 뉴스 중간에 말을 붙인다. 나는 고개를 끄덕인다. 그러나 내게는 한쪽의 아이러니만, 더 잔인한 쪽의 아이러니만 보인다. 탈식민지화된 지구라는 꿈 옆에 나란히 놓인 우주를 식민지화하겠다는 꿈.

　세 가지 주요 코너가 마무리된 후에야 우리 차례가 찾아온다. 토론 시간은 짧다. 가벼운 분위기로 프로그램을 마무리하기 위한 시간임이 분명하다. 억만장자들이 열을 올리는 우주 관광을 홍보하는 맥락에서 조망 효과가 언급된다. 몇 분간 무중력 상태에서 지구를 재빨리 한번 훑어보기만 하면 갑자기 온 세계에 박애주의자들이 탄생하기라도 할 것처럼. 프로그램의 끝을 알리는 곡이 재생되기 전, 내가 가진 의구심을 정리해서 말할 시간 1분 30초가 주어진다. 그런데 적절한 말이 떠오르지 않는다. 단 한 명의 지구인이 인류 공동의 꿈을 쥐락펴락하고 있는 사실에 대한 꺼림칙함만 표현할 수 있을 뿐이다. 계획대로라면 그날 저녁에 완료되었을 크루 드래건 발사는 기상 문제로 연기된다. 그리고 나는 (유치하다고 할 수도 있을 텐데) 은밀히 기뻐한다.

나 아닌 누구라도 그러겠지만, 다음 날 나는 그 토크 쇼 현장에서 했어야 하는 말들을 온종일 머릿속에서 되된다. 조금만 더 노력을 기울이면 로켓 연료를 훨씬 적게 쓰면서도 여기 지구에서 조망 효과를 일으킬 수 있다는 말, 우리가 해야 하는 일은 (돈 한 푼 들이지 않고) 하늘을 올려다보며 우리가 있는 장소에 경외감을 느끼는 것이라는 말, 지상에서의 화합을 무시하면서 우주에서의 화합을 주장하는 건 어불성설이라는 말, 과학적으로 보면 조망 효과에 관한 연구가 실제로 아주 빈약하다는 말, 조망 효과는 우리가 더 잘 관찰하고 거리와 친밀감과 연결성에 대해 생각하도록 영감을 줄 수 있는 멋진 이야기지만 어떤 부유한 우주 여행자 아무개가 아주 잠깐 지구를 내려다본다고 해서 영적 깨달음을 경험하리라는 보장은 전혀 없다는 말, 우주 비행사들의 경험을 수백만 달러 규모의 산업을 홍보하기 위한 연설문처럼 써먹는 것은 선을 넘는 행태며 그토록 심한 환경 오염을 야기하는 산업을 우주에 좋은 일로 홍보하는 것도 선을 넘는 행태라는 말. 그런 말을 했어야 하나.

좌중에 찬물을 끼얹는 내 장광설에 힘을 실어줄 만한 근거가 더 없을지 궁리하던 나는 1992년 우주 왕복선 엔데버에 탑승한 승무원이자 천문학자인 메이 제미슨과의 인터뷰를 떠올린다. 제미슨은 조망 효과를 '당신이 믿는 것에 관한 로르샤흐 테스트'라고 칭한다. 그는 우주에서 무엇을 경험하든 그 경험은 당신이 여기 지구에서 우주를 (그리고 당신이라는 존재를) 바라보는 방식과 상당 부분 연관되어 있다고 말한다. 그렇게 보면 우주를 바라볼 때 보이는 것은 어떤 관점이 아니라 거울이다.

이틀 후, 크루 드래건은 좌우지간 발사된다. 감격에 겨운 일론 머스크의 사진이 여기저기 퍼져 나간다. 승리에 도취한 그는 양팔을 들어 올린 자세로 두 눈을 감고 있다. 덴마크 신학자 토르 비외른비그의 말이 뇌리를 스친다. "로켓 연료는 등유와 신화 짓기의 혼합물이다." 환희에 찬 머스크는 신화 속 인물이다. 맥락을 모르고 보면 천국을 향해 뻗어 있는 양팔과 그의 얼굴에 번진 황홀한 미소를 종교적 황홀감으로 해석할 수도 있으리라. 유인 우주 여행이 그에게는 신들과 나란히 이룬 궁극적 성취인 셈이다.

그러나 내가 지구에 두 발을 단단히 내디딘 상태로 떠난 우주 여행에서 배운 것이 있다면, 우주는 우리 '위에' 있지 않다는 단순한 사실이다. 우주는 우리를 감싸고 있고, 우리 안에 있으며, 우리의 얼굴에 비치는 태양과 달빛과 오로라처럼 생명이 존재하게 하고 밤의 라벤더가 자랄 수 있게 하는 외계의 원재료다. 그리고 바로 이것이 우주가 그토록 경외감을 불러일으키는 이유다.

우주 윤리와 심층적인 이타주의를 옹호하는 천체 물리학자 제이컵 하크-미즈라와의 대화를 곱씹어 본다. 우주로의 이동은 우리 인간종에게 긍정적이고 변혁적인 경험을 의미할 수 있다. 그러나 변혁적인 경험을 하려면 새로운 무언가를 마주해야 한다. 새로운 관점, 새로운 소리, 새로운 풍경을. 그러나 새로운 풍경을 일별하기도 전에 우리가 짊어진 역사적 짐으로 그 풍경을 가득 메워 버린다면 결코 경외감을 느낄 수 없을 것이다.

『길 잃기 안내서』에서 저자 리베카 솔닛은 유럽 식민지 개척자들이 미국의 여러 풍경에 자신들이 떠나온 장소의 이름을 붙였음을 상기시킨다. 새로운 무언가를 배울 수도 있었던 장소를 저들의 낡은 틀에 가두어 버린 것이다. 그 결과로 남은 것은 흥미진진한 새로운 영토 대신 생기 없고 실망스러운 모방품뿐이다.

결국에는 이러한 결론에 다다르게 된다. 우주를 통해 변하고 싶다면 먼저 우주를 바꾸려 들지 말아야 한다는 것. 그리고 사실, 이 문장에서 **우주**라는 단어는 거의 모든 다른 단어로 대체할 수 있다. 관점, 풍경, 이웃 등 등.

후끈한 여름 저녁, 아이들을 재운 뒤 앞마당 벤치에 앉아 콜라를 마시려는 참이다. 오늘 비가 내리고 나서부터 마당에서 라벤더 향이 풍긴다. 기나긴 여름 저녁 시간이 날마다 닮아가는 광경을 보고 있자니 재미있다. 마치 저들끼리 초저녁의 기억, 똑같은 향기, 똑같은 감각을 그대로 이어받고 있는 듯하다.

핸드폰으로 슬쩍 시간을 확인해 본다. 오늘따라 밥의 귀가 시간이 늦는다. 거의 30분 정도 기다린 참이라 신경이 약간 예민해져 있다. 아직도 밥에게 어떻게 말해야 할지 잘 모르겠다. 내가 아는 사실이라고는 어떻게 해서든 우리 앞마당에 존재하는 간극을 더 좁히지 않으면 지구에서의 내 우주 여행을 마무리 지을 수 없으리라는 것뿐이다. 속사포처럼 쏟아내는 과장된 연설 같은 내 말을 밥이 듣고 싶어 할지 도통 모르겠다만 일단 시도는 해 봐야 한다. 나는 콜라를 한 모금 마시고 주변을 둘러본다. 커다란 까마귀 네 마리가 인도에 떨어진 오래된 빵을 두고 다투는 중에 옥상 왼쪽에 모인 갈매기 무리가 그 빵에 눈독을 들이고 있다. 박새 한 마리가 관목 속으로 사라지고, 참새가 여름 라일락 나무에서 솟아올라 날아간다. 나는 주변에서 들리는 모든 날갯짓에 하나하나 귀를 기울이다가 비행의 선구자 오빌 라이트의 말을 떠올린다. "하늘을 날고 싶다는 욕망은 온몸이 녹초가 되도록 전인미답의 땅을 가로질러 이동하는 동안 우주를 향해 자유롭게 치솟는 새들을 부러움의 눈길로 바라본 선사시대 선조들에게서 물려 받은 하나의 관념이다."

날개를 가진 갖가지 모형이 없었다면 우리는 하늘을 날지 못했을지도 모른다. 아마 그러지 못했을 것이다. 최초로 인류를 달에 착륙시킨 탐사선 이글Eagle과 스페이스X의 팰컨 로켓만 봐도 그렇다. 부리와 날개는 지난 수십 년간 우주 임무 영역을 장악한 상징이다. 내가 가장 좋아하는 우주 비행사 휘장은 1963년 소련 연방의 우주 비행사 발렌티나 테레슈코바가 지구 대기권을 벗어난 최초이자 최연소 여성(이 기록은 지금도 깨지지 않았다)이 되었을 때 착용한 흰 비둘기 휘장이다.

오늘 저녁 광장은 수선스럽지만(아이들이 까불대며 뛰놀고 벤치는 그 아이들의 부모와 조부모로 엉덩이를 들이밀 틈도 없다) 지난주에 코로나19 규제가 완화되었음에도 전 국민 사이에 감도는 분위기는 누그러들지 않았다. 우리의 분열은 이 광장에서조차 여전히 손에 잡힐 듯 선명하다. 밥이 연대의 의미로 게양한 깃발은 여전히 우리 집 건물에서 펄럭이며 이웃들에게 예방 조치를 취할 것을 촉구하고 있지만, 도로를 따라 약 45미터 정도만 가면 보이는 식료품점 주인은 여전히 팬데믹이 정부의 거대한 음모라는 주장을 펼친다. 우리는 서로 대립하는 진영으로 나뉘어 있다. 그러나 이러한 분열은 바이러스에 국한해서만 나타나는 것이 아니다. 농부들은 질소 배출 규제에 격노해 트랙터로 고속도로를 막고 있으며, 기후 위기 활동가들은 일주일간 진행하는 늦여름 시위에 박차를 가하고 있다.

지구와 관련해서만 이러한 논쟁이 벌어지는 것도 아니다. 이번 주에 나는 오랫동안 인류를 분열시킨 역사가 있는 데다 최근 다시 불붙고 있는 외계 관련 사안을 주시했다. 미확인 비행 물체UFO 말이다. 미국 상원은 미국방 예산의 일부가 하늘에서 벌어지는 '설명할 수 없는 현상'을 연구하는 데 배정되어 있다는 국방부 보고서를 발표했다. 그리고 다수의 국방부 전직 직원은 일부 UFO는 외계에서 온 것이 확실하다고 『뉴욕타임스』 측에 전했다.

국방부 보고서가 발표된 후 종교학자 다이애나 월시 파술카는 『타임스』 팟캐스트에서 어째서 세상에는 설명할 수 없는 것들이 존재한다는 사실을 이렇게 수많은 사람이 아예 받아들이려 하지 않는지 이상하다고 말했다. 파술카는 저서 『미국적 우주』American Cosmic로 잘 알려져 있는데, 이 책에서 그는 다른 무엇보다도 중세 종교 문헌과 현대 민족지학적 연구에서 발견한 UAP(펜타곤이 선호하는 새로운 용어인 '미확인 비행 현상'Unidentified Aerial Phenomena)를 설명한다.

파술카는 UFO 연구에 있어서 과학자들이 대단히 회의적인 태도를 취하기도 한다는 점에 놀라움을 금치 못한다. UFO 같은 것이 대단히 광범위한 차원에서 목격되고 있는 만큼 과학자들이 이를 진지하게 받아들이리라는 기대를 품었을 것이다, 라고 그는 말한다. 하지만 현실은 그렇지 않다. 심지어 UFO 연구를 위한 자금 확보는 거의 불가능하다. 설명할 수 없는 무언가를 목격하면 대번에 괴짜로 낙인찍힌다. 그래서 사람들은 자신들이 목격한 것을 비밀로 간직한다.

여기 네덜란드에도 UAP 연구에 대한 뿌리 깊은 저항이 존재한다. 그 회의론적인 태도를 나는 이해한다. UFO 세계는 음모론으로 가득 차 있으며, 외계 생명체 납치에 관한 기괴한 이야기는 그런 것이 존재할 가능성에 딱히 신뢰를 더하지도 못하기 때문이다. 그러나 어쩌면 논쟁이 UFO가 무엇일지 혹은 무엇이 아닐지에 지나치게 집중되어 있고 애초에 우리가 UFO를 어떻게 바라

보아야 하는지에 관한 논쟁은 충분하지 않은 탓일 수도
있다. 모든 것을 설명할 수 있는 것은 아니라는 사실을
그저 받아들인다면 우리는 우리 시대의 불안을 보다 잘
다루는 법을 배울 수 있을지도 모른다.

요즘에는 수많은 사안에 대해 이와 유사한 생각이
든다. 모든 사안에 오로지 두 가지 측면만 존재하고 어
느 한 측면을 위해 죽을 둥 살 둥 싸워야만 하는 것처럼
느껴진달까. '아마도', '만약', '때로는' 같은 개념이, 혹은
완전히 이질적인 다양한 삶에 공통의 기반을 제공하는
앞마당의 라벤더 식물 같은 것이 전연 존재하지 않는 것
처럼 느껴지기도 한다.

우주론적 인식에 따르면 우리가 확실히 아는 사실은
모든 것이 연결되어 있다는 것이다. 비트와 우주 여행자
도, 달과 바다도, 운석과 인류도. 언뜻 보기에 전혀 양립
할 수 없어 보이는 것들조차 서로 연결되어 있다. 모순
은 존재하지 않는다. 똑같은 격자판에 찍힌 서로 다른
좌표일 뿐이다. 우주론적 인식은 육지와 바다와 인간을
갈라놓는 수천 가지 방법과는 다른 관점을, 흑백 논리에
대한 대안을 제시한다. 물론 우리 의견이 근본적인 차원
에서 다를 수도 있지만, 한 발짝 물러서서 바라보면 그
렇게 엇갈리는 의견을 가지고도 이렇게 존재할 수 있다
는 사실에 놀라지 않을 수 없다. 우리가 우리 존재의 불

가능성을 받아들이면 한 발짝 물러설 수 있을 테고, 어쩌면 서로를 얼마간 유하게 대할 수 있을지도 모른다. "어떤 인간이 당신 의견에 동의하지 않는다면 그냥 놔두세요. 천억 개의 은하계에서 다른 은하계는 찾을 수 없을 테니까요"라고 칼 세이건은 말했다. 친밀감을 위한 물러서기다.

밥이 녹색 마쓰다를 몰며 과장된 손짓으로 인사하더니 집 앞에 차를 세운다. "곧 비가 내릴 거예요"라고 그가 말한다. "안으로 들어가는 게 좋겠네요." 밥의 커다란 가죽 소파에 앉아 나란히 앉아 오렌지 주스를 마시던 중, 밥이 수족관을 가리킨다. 그 안에는 내 아이들이 애정 어린 눈빛으로 관찰하는 열대어가 있다. "제 안식처예요"라고 밥이 말한다. "교회에 다니지는 않지만 저 물고기들을 보고 있으면 기도하는 듯한 기분이 들더군요." 우리는 씨름하듯 다투는 공미리들과 여섯 개의 줄무늬를 가진 호랑이 미늘을 잠시 아무 말 없이 가만히 들여다본다.

그리고 나는 밥에게 우주에 가 보고 싶었던 적이 있느냐고 묻는다. 그가 고개를 주억거린다. "최초의 달 착륙이라는 사건이 벌어졌을 때의 그 흥분감, 한때는 아예 불가능했던 일이 갑자기 가능해졌을 때의 느낌이 떠오르는군요. 저도 그걸 바라고 있었거든요."

조망 효과에 대해 들어본 적이 없어도 밥은 그 느낌을 상상할 수 있다. "예전에 개를 몇 마리 키웠어요. 그 애들을 데리고 긴 산책을 나가서 하늘과 구름을 바라보며 완전한 평화를 느끼곤 했죠. 가끔은 바다로 데려가서 해가 질 때까지 걸었는데 수평선에 갖가지 색이 펼쳐지는 광경이 정말 마법 같았어요. 그럴 때면 모든 것이 그냥 소리 소문도 없이 증발해 버리는 기분이 들었는데, 지금 생각해 보면 광대함을 체감했던 것 같네요."

나는 밥에게 지구에서 우주 비행사가 되는 것을 상상할 수 있느냐고 묻는다. "그건 그렇게 어렵지 않죠"라고 그는 주저 없이 대답한다. "외출을 할 때마다 그냥 주변을 둘러보면 돼요. 그러면 해도, 달도, 하늘도, 우주도 보이잖아요. 걸으면서 자세히 들여다보는 것만으로도 충분해요."

나는 고개를 끄덕이면서 내가 지구에서 시도한 우주여행이라든가 우리가 잃어버린 밤하늘, 하루에 두 번씩 우리를 잡아당기는 달, 리베카 엘슨이 말한 '경외감에 대한 책임', 우주의 광대함에 응답하고자 했던 나의 탐구, 실패로 돌아간 릴 플랑르드역으로의 여행과 화성 여행 동안 우리를 살려 줄 해조류, 알고 보면 모호하기 그지없는 인류의 경계, 우리가 살고 있는 모든 속도층, 외계 생명체를 있는 그대로 받아들이려면 평범함에서 비범함을 발견해야 한다는 과제 등 밥에게 하려 했던 말을 떠올린다. 그런데 그냥 밥이 요약한 말로 정리하는 것이 더 나을지도 모른다. 자세히 들여다보기. 하늘을, 서로를.

"그럼 그 느낌은 어떻게 나누죠?" 내가 묻는다.

밥이 나를 향해 고개를 돌린다. "지금 제 말을 이해하지 못하나 보군요."

아니, 라고 운을 띄우며 나는 다시 머뭇머뭇 묻는다. 선생님이 한 경험을 선생님과 같은 주파수를 공유하지 않는 사람과의 간극을 메우는 데 어떻게 활용할 수 있는 거죠? 입에서 탄식이 절로 나온다. 하려는 말의 의미는 정말 간단한데 왜 이렇게 모호하게 들리는 걸까요? 제 말은, 어떻게 하면 우리 모두 지구의 우주 여행자라는 감각을 매개로 사람들을 한데 모을 수 있을까요? 어떻게 하면 서로서로 각자의 경험을 공유할 수 있을까요? 모든 차이를 지워 버리기 위해서가 아니라 무언가를 회복하고… 이내 나는 입을 다문다.

밥은 다시 수족관 쪽으로 고개를 돌리더니 한숨을 내쉰다. "음… 보통 제 머릿속에서는 끊임없이 이런 생각이 꼬리의 꼬리를 물어요. '이것도 해야 하고 저것도 해야 하는데, 나는, 나는, 나는'… 그런데 긴 산책을 하고 나면 그런 생각이 전부 사라져요. 완전히 이완되는 거죠. 그리고 그렇게 이완되면 마음이 열리고요. 그러면 생각할 수 있어요. 들을 수 있어요. 그게 핵심이에요, 이해돼요? 서두르다 보면 스트레스를 받고 스트레스를 받으면 아무것도 보거나 듣지 못하게 되잖습니까. 스트레스를 받지 않을 때는 다른 사람에 대해, 다른 사람이 필요로 하는 것에 대해 생각해 볼 여유가 생기고요. 말하자면 넓게 볼 수 있게 되죠. 그래서 제가 그쪽 질문을 제대로 이해한 게 맞다면 제 대답은 '걷기'고, 그쪽이 그런 느낌을 누군가와 나누고 싶다면 그 사람과 같이 걸어 봐요."

저녁 햇살 한줄기가 실내로 비쳐 든다. 나는 작디작은 무수한 입자들의 춤사위를 지켜보다가 시속 약 10억 8천만 킬로미터로 우리에게 달려드는 빛에 또다시 경외감을 느낀다. 수족관을 비추는 LED 조명이 노란색에서 보라색으로, 보라색에서 녹색으로 변한다. "새로운 장난감이에요." 밥이 말한다. "물고기들 재밌으라고 갖다 놨죠. 아, 오늘 아침 풍경을 봤어야 하는데. 불빛을 따라서 아주 정신없이 헤엄치고 다녔거든요. 디스코장 같았다니까요."

올해 만난 모든 과학자, 온갖 생각과 책, 기사, 영화, 팟캐스트를 돌이켜 본다. 물의 나이트클럽에서 헤엄치는 물고기들을 바라보고 있으니 모든 길이 필연적으로 이곳을 향하고 있었다는 생각마저 든다. 달, 화성, 프록시마 켄타우리 b를 거쳐 이 거실에, 이 소파에 앉게 되는 것 외에, 광년을 거쳐 이 여름 저녁의 지금 여기에 다다르는 것 외에 다른 결론은 존재하지 않았다는 듯이.

지난주에는 어린 시절부터 외계 생명체에 집착한 미국인 존 셰퍼드에 관한 짧은 다큐멘터리 〈존의 컨택트〉를 보았다. 셰퍼드는 30년 동안 침실에 있는 라디오 송신기로 우주에 음악을 송출하면서 외계 생명체와 접촉을 시도했다. 응답이 없어도 결코 낙담하지 않았다. 오히려 그 반대였다. 셰퍼드와 그의 할머니는 돈을 모아 더 커다란 '심우주 송신기'까지 사들였다.

그 다큐멘터리에는 셰퍼드의 일생이 담긴 사진들이 빽빽하게 들어차 있다. 그래서 송신기 제어장치를 만지작거리는 셰퍼드가 헛되이 외계 생명체와의 접촉을 기다리다 점점 성장하는 모습을 지켜볼 수 있다.

영화가 끝날 무렵에 이르면 셰퍼드가 소파에 앉는다. 그는 카메라 렌즈를 똑바로 응시하면서 외계 생명체에 관한 회담에서 한 남자를 만난 이야기를 들려준다. 그러다 그가 한쪽으로 시선을 던지자 카메라가 뒤로 물러나고, 셰퍼드와 그의 옆에 앉은 남자가 서로를 사랑스러운 눈빛으로 바라보는 모습이 화면에 잡힌다. 곧 셰퍼드는 다시 카메라를 응시하며 말한다. "접촉은 이루어졌습니다."

이 영화가 떠오른 이유는 로맨스와는 하등 관련이 없다. 마지막 대목, 영화 전체를 관통하는 핵심, 즉 때로는 광년 떨어진 곳에서 찾고 있던 것이 느닷없이 나와 나란히 소파에 앉아 있는 일도 벌어진다는 데 있다.

블리헨보스의 비 내리는 가을밤이다. 비에 젖은 나무줄
기가 어둠 속에서 가물가물 빛나고, 숲의 진흙이 신발
속으로 스며든다. 내 옆에는 이웃 나자트 카두르가 발맞
춰 걷고 있다. 나자트의 아버지는 정육점 주인인데, 원
래 우리 광장에 있다가 최근 그 아래쪽에 위치한 조금
더 넓은 부지로 이전했다. 나자트는 이 동네에서 성장기
를 보냈고, 동네를 떠났다가 다시 돌아왔다. 나를 처음
만났을 때 나자트는 "노르트의 하늘은 정말 경치가 대단
하답니다"라고 말했다.

　지구에서 우주 여행자가 된 느낌을 받는 비결이 무
엇이냐고 물었을 때 밥은 "걷기"라고 대답했다. "그쪽이
그런 느낌을 누군가와 나누고 싶다면 그 사람과 같이 걸
어 봐요"라고. 밥과의 대화 이후 많은 생각이 내 뇌리에
맴돌았다. 그러다 조금씩 구체화된 계획이 지금 내 책상
옆 벽에 붙어 있는 편지지 크기의 종이 세 장에 대강 정
리되어 있다. 그 계획이라 함은, 불침번을 서는 것이다.
어둠에 관한 이야기를 품고 블리헨보스를 찾는 방문객

을 안내하는 동네 주민 네트워크를 조직하는 것이다.

먼저 블리헨보스 인근에서 자란 한 생태학자가 '밤의 파수꾼'들을 초대해 생태학자의 눈으로 숲을 들여다볼 수 있도록 도울 것이다. 그가 균류와 박쥐에 관한 이야기를 전하고 어둠이 중요한 이유를 설명하면 밤의 파수꾼들이 그 정보를 새로운 방문객들과 나눌 계획이다. 나무들 사이에 관측대를 설치하고, 하늘이 맑은 밤이면 망원경도 둘 것이다. 그러면 나타날 것이다. 불빛이 뒤덮은 도심에 찾아든 고요와 어둠이. 그리고 무엇보다, 공간이. 일몰 후 황량한 숲속에 존재하는 실제 공간뿐만 아니라 산책 후 모닥불을 피우며 나눌 수 있는 이웃들의 귀중한 이야기를 담을 공간. 어둠, 별, 밤, 그리고 지금은 호화로운 아파트와 호텔로 미어지지만 한때는 텅 비어 있었던 장소에 대한 기억이 깃든 공간.

그리하여 지금 나는 나자트와 진흙을 헤집고 터벅터벅 걸으면서 동네 주민들이 우리와 함께 축축한 어둠 속을 걷게 되기까지 얼마나 오랜 시간이 걸릴지 생각한다. 그런데 '우리'라고 해도 되는 건지조차 확신이 서지 않는다. 나자트가 내 프로젝트에 동참할 의향이 있는지 여태 물어보지 못한 터다. 내가 나자트를 이상적인 첫 번째 공동 불침번으로 여기는 이유는 나자트가 가진 에너지나 별과 달에 대한 관심뿐만 아니라, 나자트가 전설적인 동네 정육점 주인의 딸로서 동네 사정을 손바닥 보듯 훤히 꿰고 있다는 사실 때문이다.

시험 삼아 진행한 이번 걷기는 근처 문화 센터와 협력해서 기획했다. 어떤 길이 걷기에 적합한지, 빛 없이 어느 정도의 속도로 걸을 수 있는지, 걷다가 멈춰 쉴 만한 곳은 어디인지를 파악하기 위해서였다. 시범 걷기를 위해 결성된 이 소규모 무리에는 이 동네에서 성장해 어릴 적 블리헨보스에서 놀기도 했던 생태학자 프레드 하이옌도 포함되어 있다. 자전거 도로를 따라 걷는 동안 하이옌은 공원에 사는 박쥐, 두더지, 여우 등 야행성 야생 동물에 대해 알려 준다. 그러다 우리는 숲의 가장 어두운 구역으로 진입한 후 최종 목적지를 향해 질척한 길을 미끄러지듯 걷는다. 공원의 끄트머리에서 타닥타닥 타오를 모닥불이 우리를 기다리고 있다.

나무가 어찌나 울창하고 무성한지, 데이비드와 두 아들을 데리고 이 숲을 찾은 첫날 저녁에는 감히 들어갈 엄두조차 내지 못했다. 커다란 엘더베리 덤불 사이로 좁은 틈이 보인다. 나뭇가지들이 위로 죽 뻗어나면서 생긴 일종의 피난소다. 우리는 한 명씩 그 구멍을 통과한다. 몇 분 전까지만 해도 우리 곁에 머물던 빛이 이제 나무와 덤불에 가려 보이지 않는다. 그럼에도 아직 (여전히 구름이 도시 주변의 빛을 반사하는 터라) 완전한 어둠과는 거리가 멀다. 그래도 조금 전보다는 방향을 잡기가 어려워졌다. 게다가 산책로도 없고 바닥에는 나뭇가지가 어지럽게 널려 있어 발을 헛디뎌 넘어지지 않으려면 한 걸음 한 걸음 신중히 내디뎌야 한다.

내 옆에서 걷고 있는 나자트가 "감각이 이 정도로 달라진다니 참 묘하지 않나요"라고 소곤댄다. 맞는 말이다. 썩은 나뭇잎 냄새가 낮보다 훨씬 강렬하게 끼치고, 아주 미미한 소리에도 몸이 소스라친다. 두 눈이 어둠에 익숙해지자 미묘하고도 무수한 색상의 차이가 들어오기 시작한다. 눈으로 볼 수 있는 것들만 봐도, 이를테면 땅에 널린 나뭇잎들만 봐도 회색 계열의 거의 모든 색조가 눈에 들어온다. 검은 땅 위에 나뭇잎 모양의 별자리가 펼쳐진다. 옅은 안개는 나무들 사이에 몹시 기묘한 분위기를 조성하면서 나무들의 존재감을 더욱 또렷이 드러낸다. 검은 형상들이 조용히 우리를 내려다본다.

숲의 이 구역은 면적이 좁으므로 머지않아 가장자리에 도착하리라는 사실을 알고 있음에도 나는 방향 감각을 잃는다. 어둠이 우리더러 천천히 가라고 이른다. 질 퍽한 땅에서 미끄러지듯 발걸음을 옮기는데 내 앞에서 누군가가 나무뿌리에 걸려 넘어진다. 욕설과 키득대는 웃음소리가 들린다. 다른 누군가가 그 사람을 일으켜 세우고, 우리는 조용히 걷기를 계속한다.

나는 고개를 쳐들어 나무 꼭대기 사이로 보이는 달 없는 하늘에서 별을 센다. 스무 개 정도 있는 것 같다. 그런 다음 별자리 찾기를 시도해 본다. 북두칠성인가? 빛의 점들 사이에 가상의 선을 그리면서 나만의 별자리를 만들어 본다.

하늘을 올려다보니 여기 아래에서 던지는 질문에 대한 답을 저기 위에서 찾고자 하는 유구한 열망에 일순간 확 붙들리는 느낌이 든다. 그러나 별자리는 답을 주지 않는다. 오히려 그 반대다. 존 버저가 썼듯, 밤이 되면 별들은 "확신을 앗아가고 때로는 그것을 믿음의 형태로 되돌려준다."

위트레흐트 회벨뤼흐에서 어둠을 찾아 헤매던 시절이 떠오른다. 수많은 확신이 사라진 현재라는 시간에 밤은 얼마나 귀한가.

나자트가 내 팔을 꽉 쥔다. 그러면서 "우와"라고 속삭인다. 주변을 살펴보니 갑자기 땅이 환하다. 은은한 노란빛이 일순간 어둠을 뚫고 빛났다가 사라진다. 어찌나 순식간이었는지 내가 정말 그 빛을 본 것이 맞나 싶을 정도인데 이내 그 빛이 또 한 번 나타난다. 그리고 다시 또 한 번. 우리를 둘러싼 숲이 사방의 작디작은 빛으로 빛나고 있다. 땅반딧불이다. 이 숲에 땅반딧불이가 살고 있었다는 사실을, 이렇게 많은 자연광이 숨겨져 있었다는 사실을 나는 전혀 알지 못했다.

이 숲은 흡사 암흑 물질로 이루어져 있는 것 같다. 땅반딧불이는 별이고, 나는 우주를 탐사하고 있는 것 같다. 쌍둥이자리, 처녀자리, 궁수자리 등등 우리 인간종이 지어낸 가장 오래된 이야기가 어둠 속에서 반짝거린다.

나무들 사이에서 부유하는 내 모습이 보인다. 우주에 찍힌 점 하나, 일시적인 형태, 운석 충돌의 후손, 인간 피부 속 무수한 유기체의 결집인 내가 우주의 광활함과 은하수 속 작은 도심 숲에서 만난 한 줌의 땅반딧불이에 경탄하며 넋 놓고 있다.

축축한 어둠을 헤치고 진흙투성이 길을 누비며 나는 더 멀리 나아간다. 무리는 이미 와해해 각자 자기만의 나침반을 따라 이동하고 있다.

나자트와 나는 찬찬히 발걸음을 옮긴다. 그러다 자전거 도로에 다다른다. 길을 잃은 것이 분명하다. 제대로 왔다면 자전거 도로에서 **벗어나야** 하니 말이다. 낮에는 속속들이 파악했다고 생각한 숲이 돌연 미지의 세계로 변한다.

우리는 무작정 숲속으로 다시 길을 내며 이동한다.

별안간 우리가 시간을 거스르고 있다는 느낌이, 앞으로 수년간 선사시대의 숲을 배회하게 되리라는 느낌이 든다. 그러나 이내 사람들의 웅얼거림이 들리고 저 멀리, 나무줄기 사이로, 모닥불이 명멸한다.

에필로그

허블 울트라 딥 필드의 파편에서 위안을 얻었던 날로부터 몇 번의 여름이 지났다. 그새 새로운 외계 행성이 발견되었고, 수천 개의 인공위성이 발사되었고, 한층 개선된 망원경 덕분에 그 파편들을 여느 때보다 선명하게 관찰할 수 있게 되었다.

지구의 대기는 경계를 상징하는 데 반해, 우주는 무경계에 관한 생각에 불을 붙인다. 상황이 어떻든 우리는 계속 꿈꾸고, 성장하고, 개발할 수 있다는 생각. 이러한 생각은 경외감을 선사하는 데서 그치지 않고 우주 경제가 급속 팽창하게 만든다. 지구의 궤도는 날이 갈수록 우주 쓰레기로 빈틈없이 메워지고 있으며, 외계 채굴 계획은 또다시 도마에 올라 있다. 우주가 누구의 것인지, 우주 풍경에 가격표를 붙이는 것이 가져올 결과는 무엇인지가 그 어느 때보다도 시급한 문제로 대두 중이다.

우주 여행에 관한 내 글을 읽고 사람들이 보이는 반응에서도 견해차가 점점 더 벌어지고 있다. 지구에서 해결해야 할 문제가 무수히 남아 있는 한 우주에서 무언가를 해 보겠다는 야망은 무책임할 따름이라고 보는 이들이 있는 반면, 우리 인간의 잘못으로 더더욱 살기 힘든 행성이 되어 가는 지구를 탈출할 기회로 우주를 지목하는 이들이 있다. 그리고 그 사이에는 가까운 곳이든 먼 곳이든 둘 중 하나를 선택할 필요가 영영 없기를 바라며 대답을 얼버무리는 이들이 있다. 계속해서 머나먼 행성에 대한 꿈을 꾸면서도 애초에 그런 꿈꾸기를 가능하게 한 이 행성을 돌볼 수 있다고 보는 것이다.

불침번 프로젝트는 축축한 10월의 밤 나자트와 내가 어둠 속을 거닌 그날 이래로 부지런히 성장했다. 그동안 해가 저문 뒤 수백 명의 사람이 우리를 따라 도심 숲을 거닐었다. 게다가 '야간 행동'night activism이 박차를 가하면서 시청에서도 주목하는 성과를 냈다. 이 구역의 가로등을 영구 소등하기 위한 계획이 마련되었고, 불침번 중 한 사람은 시의 '어둠 고문'으로 임명되었다.

200번이 넘는 야간 산책을 통해 나는 어둠이 그저 우주의 경이로운 경치를 펼쳐 보여주는 데 그치지 않고 그보다 훨씬 많은 가르침을 준다는 사실을 배웠다. 정기적으로 야간 산책을 한 후로 내 세계가 얼마나 성장했는지 경이로울 정도다. 그러나 그와 관련된 이야기는 다음 책을 위해 남겨두겠다. 우리 눈에 보이는 별은 여전히 극소수에 불과하지만, 그래도 우리는 모닥불 주변에

삼삼오오 모여 앉아 그 별들에 대해 이야기하며 세대 간 기억상실증에 맞서고 칙칙한 분홍빛 밤하늘이 정상이 아님을 우리 자신에게 끊임없이 상기시킨다. 그리고 종종 모임을 마무리하면서 흙으로 표현된 나의 유산은 한 줌에 불과하나 빛으로 표현된 유산은 우주 전체라고 쓴 라파엘 아로사레나의 시를 읽는다.

암스테르담의 땅반딧불이는 꾸준히 줄어드는 강수량으로 인해 고된 시기를 겪고 있다. 올 여름(2022년) 우리 동네 불침번과 암스테르담 대학은 땅반딧불이 개체 수 조사에 공식 착수했다. 몇 주가 지나도록 단 한 마리도 발견하지 못했다. 그러나 최근, 육중하게 드리운 구름이 집중 호우를 몰고 온 후, 나자트와 나는 흙 속에서 용감하게 빛을 발하는 소규모의 에벌레 무리를 발견했다. 아직 거기에 있는 것이다. 단 몇 마리에 불과할지라도.

감사의 말

먼저 그 누구보다 데 코리스판던트De Correspondent 출판사의 모든 팀원에게 감사의 마음을 전합니다. 밀라우, 안드레아스, 하나가 보여준 믿음과 열정은 이 책을 지탱하는 주춧돌이었습니다. 또한 제가 질문과 의문을 쏟아낼 때마다 신속하고 현명하며 세심한 피드백을 전해 주고 언제나 집중력을 잃지 않은 하르민커 메덴도르프에게 지면으로나마 기립 박수를 보냅니다.

제가 다급하게 던진 질문들에 열정적인 태도로 응답해 준 안네 카워트에게도 감사합니다. 당신이 가진 그 활력 넘치는 에너지의 근원이 무엇인지 저는 도통 모르겠지만 당신과 함께 일할 수 있어서 정말 영광이었습니다.

예리한 시선으로 원고를 살펴봐 준 아르옌 판 페일런, 니나 폴락, 린 베르게르, 리엣 렌스훅도 감사합니다. 다들 다정하게도 어떤 방향으로 나아갈지조차 불확실한 이 이야기의 초고를 읽고 의견을 나누어 주었습니다. 그리고 어처구니없는 실수를 저지를 뻔한 저를 구해 준

루엘 판 데르 헤이던과 우주 여행에 대한 통찰을 나누어 준 필립 소네얀스도 감사합니다. 사하르 시르자드, 당신은 제게 꼭 필요했던 질문을 던져주었습니다. 그리고 크리스티안 퓌르노, 당신 같은 괴짜 친구가 없었다면 전 아무것도 하지 못했을 거예요.

지구에서의 제 우주 여행에 기꺼이 동참해 준 소중한 사람들이 없었다면 이 책은 존재하지 않았을 것입니다. 사모라 베르흐톱과 요스 오켈스, 저에게 따뜻한 차와 시간, 그리고 당신들의 의견을 나눠 주어 감사합니다.

이웃의 말도 안 되는 프로젝트에 흔쾌히 동참해 준 밥 포테만스와 존 코프만스, 두 분께도 이루 말할 수 없이 감사합니다. 그리고 존, 제가 어디에 있는지 당연히 알고 계실 테니 이 책에 적힌 내용에 동의하지 않는다면 저를 찾아와 주세요. 나자트 카두르, 지금까지 저희의 여정은 마법과도 같았습니다. 앞으로 우리가 탐험할 모든 빛과 어둠이 기대됩니다.

언제나처럼 제 친구이자 제 집인 데이비드에게도, 그리고 두 꼬마 우주 여행자에게도 감사합니다. 꼬마 우주 여행자들이 없었다면 이 책을 더 일찍 마무리할 수 있었겠지만, 예이서와 오토, 너희가 없었다면 나는 단 하루도 살아갈 수 없었을 거란다. 너희는 나를 단지 말

226

로만이 아니라 진정으로 늘 깨어 있게 해 준단다.

이 이야기를 발견하고, 끝까지 포기하지 않고, 대단히 꼼꼼하게 살펴봐 준 제시카 야오에게도 감사합니다. 제 모국어가 아닌 언어를 통해 저에게 또 다른 목소리를 부여해 준 역자 조너선에게도 감사합니다. 그리고 대서양을 횡단하는 이번 여정에서 저를 이끌어 준 엠마 패리에게도 감사의 말을 전합니다.

마지막으로 스웨덴에서 브라질에 이르기까지 이 책을 제작하는 데 사용된 펄프를 만들어 준 나무들에게도 감사합니다.

In Light-Years There's No Hurry

이 책에 담긴 모든 이야기는 철학자, 작가, 친구, 행인 등 타인이 남긴 목소리나 생각과 공명합니다. 어떤 메아리는 자신도 모르는 사이에 저절로, 어떤 메아리는 의식적인 선택을 통해 울려 퍼집니다.

도갈드 하인과 폴 킹스노스가 설립한 다크 마운틴 프로젝트는 이 책에 중요한 영감을 제공했습니다. 여기서 자세히 설명하기에는 내용이 상당히 많기 때문에 잘 모르시는 분들은 직접 찾아보시기를 권합니다. 그만큼 훌륭한 프로젝트입니다.

트리샤 허시가 창립한 단체로 수면이 가진 해방의 힘을 연구하는 낮잠회Nap Ministry도 저에게 영감을 주었습니다. 휴식은 저항의 한 형태입니다. 본문에서 이와 같은 여러 프로젝트를 구체적으로 언급하지는 않았지만 각각에 담긴 핵심적인 생각은 제가 저만의 생각을 구체화하는 데 도움을 주었습니다.

그리고 리베카 솔닛의 『길 잃기 안내서』는 제가 이 책을 집필하는 동안 수차례 읽은 책입니다. 본문에서는 솔닛을 단 한 번 짧게만 언급했지만, 『길 잃기 안내서』는 때로 이 책과 맞물리는 주제뿐만 아니라 생각을 전개해 나가는 방식, 즉 연상, 연결, 의식의 흐름이라는 측면에서도 저에게 등불과도 같은 책이었습니다.

물론 이 책을 쓸 때 구체적인 자료들도 여럿 참고했습니다. 본문에 출처를 명시적으로 언급하지 않은 자료들은 아래에 정리했으며, 더 자세한 내용을 살펴보고 싶은 분들을 위해 추가 정보도 남겨 두었습니다.

모든 링크는 2022년 9월 기준으로 작성했습니다.

1   조망을 향한 갈망

댄 맥두걸의 '생태학적 슬픔'에 관한 기사는 2019년 8월 12일 『가디언』에 게재되었다. '솔라스탤지어'에 관한 추가 정보는 호주의 교수 글렌 알브레히트가 2005년 『PAN: 철학 행동주의 자연』에 발표한 「솔라스탤지어: 인간의 건강과 정체성의 새로운 개념」을 참고한다.

페르난두 페소아의 「길 위에 난 모퉁이를 지나면」은 A. S. 클라인의 번역(2018)을 참고했다. 클라인의 번역은 poetryintranslation.com에서 확인할 수 있다.

NASA 허블 망원경이 촬영한 허블 울트라 딥 필드 사진은 온라인에 방대하게 공개되어 있다. 또한 1995년 12월 18일부터 28일까지 노출 시간을 다양하게 설정한 후 촬영한 여러 장의 북두칠성 사진을 합성해 만든 허블 딥 필드 사진도 찾아볼 수 있다.

229

추가로 허블 울트라 딥 필드의 특정 부분을 확대한 이미지인 허블 익스트림 딥 필드도 있다. 전부 한 번쯤 살펴볼 만한 가치가 있는 사진들이다.

허블 망원경에 관한 트레이시 K. 스미스의 시 「신이시여, 별천지예요」는 2011년 그레이울프 출판사에서 출간한 경이로운 시집 『화성에서의 삶』Life on Mars에 실려 있다. 이 시의 제목은 1968년 뉴 아메리칸 라이브러리에서 처음 출간한 아서 C. 클라크의 『2001: 스페이스 오디세이』를 참고해 지은 것으로, 주인공 데이비드 보우먼이 장기 우주 여행을 떠나기 전에 남긴 마지막 유언이다. 한편 스미스의 아버지는 허블 망원경 제작에 참여한 적이 있다. Space.com을 방문하면 2012년 마이크 월이 진행한 스미스와의 탁월한 인터뷰 〈화성에서의 삶': 퓰리처 시부문 수상자 트레이시 K. 스미스와의 질의응답〉(2012년 5월 4일)을 읽을 수 있다.

2   우주 비행사의 태도

"우리는 의식이 있는 우주다"라는 브라이언 콕스의 발언은 BBC 프로그램 〈우주의 불가사의들〉에서 나왔다. 해당 에피소드는 2011년에 방영되었으며 제목은 '메신저'다. 전체 인용문은 다음과 같다. "우리는 의식이 있는 우주이고, 생명은 우주가 자신을 이해하는 수단이다."

67P/추류모프-게라시멘토 혜성에 있는 일산화인에 대해 우리가 알고 있는 내용은 유럽 남방 천문대 웹사이트 eso.org에 게시된 「별 형성 지역과 67P 혜성에서 발견된 인 함유 분자」(2020년 1월 15일)에 요약되어 있다. 2004년에 진행된 스베틀라나 게라시멘코와의 교훈적인 인터뷰 "생일 축하합니다: 스베틀라나 게라시멘코와의 인

터뷰"(2004년 2월 23일, 유럽 우주국)에서는 67P 혜성에 대한 추가 내용을 확인할 수 있다.

버크민스터 풀러의 명언 "우리 모두는 지구라는 우주선에 탄 우주 비행사다"는 그의 저서 『지구 우주선을 위한 작동 매뉴얼』Operating Manual for Spaceship Earth(1969년, 터치스톤)에 담겨 있다. 나는 풀러의 작품을 제2차 세계대전 이후 세계 여권을 발행하고 세계 시민 운동을 시작한 개리 데이비스를 통해 접했다. 데이비스는 세계를 국경으로 나누는 행태에 강경하게 반대했고, 지구를 바라보는 우주 비행사의 관점을 자신의 운동을 뒷받침하는 하나의 시스템으로 삼았다. 풀러는 데이비스의 친구였다. 데이비스에 관한 놀라운 이야기는 대부분 잊혔지만 그는 진정한 '지구 우주선의 우주 비행사'였다. 데이비스에 관한 자세한 내용은 『뉴욕타임스』 웹사이트에 실린 "전쟁 없이 하나 된 세상을 본 무국적자 개리 데이비스, 91세로 사망"(2013년 7월 29일)에서 확인할 수 있다.

달에서 처음으로 운 우주 비행사는 냉혈한으로도 알려진 앨런 셰퍼드다. 아폴로 8호 우주 비행사 윌리엄 앤더스는 "우리는 달을 탐사하기 위해 여기까지 왔으며, 가장 중요한 것은 우리가 지구를 발견했다는 사실이다"(2장에서는 이 발언을 조금 바꾸어 인용했다)라고 말했다. 2007년 NASA는 셰퍼드와 앤더스를 포함한 우주 비행사와 그들의 경험을 담은 훌륭한 기사 "세밀한 지구본이 교육과 레크리에이션을 개선하다"를 spinoff.nasa.gov에 게시했다.

동영상 〈우보 오켈스, 우주 비행사의 마지막 연설〉은 2014년 5월 17일에 촬영되었다. 이 동영상은 유튜브와 영화 제작자 잉어 테이우엔의 비메오Vimeo 계정에서 볼 수 있다.

우주 비행사(아폴로 14호) 에드거 미첼이 정치인들은 달에서 지구를 바라보는 시각을 견지해야 한다는 유명한 발언을 한 『피플』 매거진과의 인터뷰 "에드거 미첼의 이상한 항해"(1974년 4월 8일)는 온라인 people.com에서 확인할 수 있다.

아누셰흐 안사리가 국제우주정거장으로의 여행을 회상하는 인터뷰는 2016년 5월 11일 『와이어드』에 실렸으며 제임스 템퍼턴이 보도했다. 인터뷰 제목은 "최초의 여성 우주 관광객 아누셰흐 안사히가 이제 다음 세대에게 영감을 주다"이다.

조망 효과에 관한 다큐멘터리는 weareplanetary.com 또는 유튜브나 비메오에서 시청할 수 있다. 다큐멘터리 제목은 〈조망〉이며 2012년에 플래니터리 컬렉티브가 제작했다.

프랭크 화이트가 진행한 연구의 제목은 『조망 효과: 우주 탐험과 인류 진화』The Overview Effect: Space Exploration and Human Evolution(휴튼 미플린, 1987)다.

「조망 효과: 우주 비행에서의 경외감과 자기 초월적 경험」(데이비드 B. 예이든 외, 『의식 심리학: 이론, 연구 및 실천』, 제1권 3호, 2016) 연구는 apa.org에서 확인할 수 있다.

데이비드 포스터 월리스가 2005년 케니언대학에서 한 환상적인 졸업식 축사는 유튜브에서 '이것은 물이다-전체 버전-데이비드 포스터 월리스 축사'(2013)를 검색하면 볼 수 있다. 이 축사는 리틀, 브라운(2009) 출판사를 통해 단행본으로도 출간되었다.

3   치료로서의 지구 관찰

콜럼버스 지구 센터에서 어떤 서사를 발견할 수 있으리라는 기대치를 일부러 낮추고 있기는 했지만 그럼에도 내 기대치는 현실보다 한참 높았다. 그러나 나보다 실용적인 것을 추구하는 사람에게는 네딜란드 케르크라데에 있는 센터 방문을 진심으로 추천할 수 있다.

월리스 J. 니콜스의 '푸른 마음'에 대해 더 알고 싶은 독자에게는 그의 저서 『푸른 마음』Blue Mind(리틀, 브라운, 2014)을 권한다.

브뤼노 라투르가 우주 비행사의 시각이라는 개념에 이의를 제기한 2017년 연극 작품 〈인사이드〉Inside는 라투르의 웹사이트 bruno-latour.fr를 통해 온라인으로 볼 수 있다.

달 여행에서 별다른 영감을 받지 못한 우주 비행사에 관한 팟캐스트는 NRP의 〈디스 아메리칸 라이프〉에서 제작했다. 그중 '그리 대단하지 않은 미지의 세계'(2018년 655화) 이야기는 데이비드 쾨스텐바움이 제공했다.

아나히타 네자미의 TEDx 강연 〈조망 효과의 치료적 가치와 가상 현실〉은 유튜브에서 확인할 수 있지만 현재로서는 시의성이 부족(2017년에 제작되었다)하다. 2022년 7월 기준, 네자미는 여전히 프로그램을 개발 중이다. 이와 관련된 내용은 VR 조망 효과 웹사이트 www.vr-overview-effect.co.uk에서 확인할 수 있다.

4   별 없이 항해하는 우주 여행자

밤하늘의 상실이라는 주제에 관해서는 폴 보가드의 『잃어버린 밤을 찾아서』(리틀, 브라운, 2013)를 강력 추천한다. 이 책의 4장과 5장에서도 보가드의 책을 인용했다. 또한 5장에 인용한 알 알바레즈의 『밤: 밤의 삶, 밤의 언어, 수면과 꿈』Night: Night Life, Night Language, Sleep and Dreams(W. W. 노튼, 1994)도 추천한다.

인간과 밤의 관계를 역사적 관점에서 바라보는 또 다른 훌륭한 책은 로저 에커치의 『잃어버린 밤에 대하여:우리가 외면한 또 하나의 문화사』(W. W. 노튼, 2005)다. 이 책에서 애커치는 전등이 발명되기 전에는 사람들의 수면이 두 단계로 나뉘어 있었을 것이고 그 단계 사이에는 이야기하기, 불 피우기, 사랑 나누기 등 낮에는 할 수 없는 활동을 할 수 있는 짧은 각성의 시간이 있었을 것이라고 설명한다. 마음에 드는 발상이다. 일종의 시적인 황혼 속에서 잠들기와 깨어남을 번갈아 가며 긴 밤을 보낸다니. 하지만 생각해 보면 나는 이런 유의 생각을 낭만화하는 경향이 있다.

논문 「인공조명이 빛나는 밤하늘의 새로운 세계 지도」(파비오 팔치 외, 『사이언스 어드밴스』 제6권 2호, 2016)는 사이언스 어드밴스 홈페이지에서 온라인으로 확인할 수 있다.

5   빛과 밤

바헤닝언에서 진행된 카미엘 스포엘스트라(및 그의 동료들)의 연구에 관한 추가 정보는 네덜란드 생태학 연구소 웹사이트 nioo.knaw.nl/en/projects/artificial-light에서 확인할 수 있다.

쥐 연구는 연대생물학 및 보건학 석좌 교수인 베르트 판 데르 호르스트와 연구 과학자 이녜스 차베스가 수행했다. 온라인으로 열람 가능한 『에라스무스 동문 매거진』에는 네덜란드어로 진행된 베르트 판 데르 호르스트 교수와의 인터뷰 "여러분의 생체 시계는 매우 중요합니다"(마르욜레인 스토르메잔트가 보도)가 실려 있다.

조명과 공공 안전의 관계에 관한 연구는 빅토리아 전문학회의 배리 클라크가 수행했다. 제목은 「실외 조명과 범죄, 제1부: 효과가 미미하거나 거의 없음」(2002년)이다.

더글러스 애덤스의 『은하수를 여행하는 히치하이커를 위한 안내서』(팬 북스, 1979)를 아직 읽지 않은 사람이 있다면 곧바로 읽어 보기를 권한다. 가스 제닝스 감독이 이를 바탕으로 만든 영화(2005)도적극 추천한다.

현대 도시 풍경에 밤하늘을 포갠 티에리 코헨의 사진은 코헨의 웹사이트 tierrycohen.com에서 볼 수 있다.

호베르트 데릭스와 그의 저서 『살해당한 별들』(위트헤베레이 틱, 2013)에 관한 추가 정보는 govertderix.com에서 확인할 수 있다.

페르난두 페소아는 이 장의 마지막에 인용된 시 「나는 마을에서 보이는 만큼의 우주를 본다」를 알베르토 케이로Alberto Caeiro라는 필명으로 발표했다. 시의 영역본(『온 우주보다 조금 더 큰: 시 선집』A Little Larger Than the Entire Universe: Selected Poems, 펭귄, 2006)은 리처드 제니스가 번역했다.

6　우주론적 인식

『달을 따다 줄게』Bringing Down the Moon(캔들윅 프레스, 2001)는 조너선 에멧이 집필한 책이다. 네덜란드어판은 판 고르의 번역으로 2011년에 출간되었다. 내 아이들이 사랑하는 책이다.

ESA와 NASA의 뉴스레터 구독은 각각 esa.int와 nasa.gov에서 신청할 수 있다.

내가 가장 좋아하는 기상 캐스터인 우주기상캐스터 태머타 스코브의 개인 웹사이트는 spaceweatherwoman.com이다.

빌 판 덴 베르켄의 명저 『별부스러기로 만들어진』은 2020년 콕부켄센트룸에서 출간했다. 내가 판 덴 베르켄과 진행한 인터뷰는 『데 코리스판던트』에 "작게 생각하는 습관에 대한 해독제: 무한한 우주를 이해하기"(2020년 3월 18일)로 게재되었다.

7   지구의 비밀스러운 호흡

나는 모든 우주 애호가에게 매기 애더린 포콕을 팔로우하라고 조언한다. 포콕은 매혹적인 과학 연구를 수행할 뿐만 아니라 각종 강의와 텔레비전 프로그램을 통해 영감을 불어넣어 주면서도 우주에 대한 사전 지식을 거의 요구하지 않는다.

포콕은 현재 4~7세 아동을 위한 애니메이션 시리즈 〈인터스텔라 엘라〉 제작에 힘쓰고 있다. 트레일러는 아파트먼트 11 프로덕션의 웹사이트 apartmentii.tv에서 확인할 수 있다.

'황금빛 턱'은 에밀리 디킨슨(1830~1886)의 시 「달은 황금빛 턱에 불과했다」에서 인용한 것이다. '손가락 마디처럼 허옇고'는 실비아 플라스(1932~1963)의 시 「달과 주목나무」에서 인용했다.

달은 아무 소리를 내지 않지만 그래도 들을 수 있다는 왕정의의 말을 나는 매기 애더린 포콕의 저서 『달의 책』(Book of the Moon, 에이브럼스 북스, 2019)에서 접했다.

마이클 콜린스가 홀로 달 궤도를 순회한 후 남겼다는 말은 "나는 내가 그 어떤 지구인도 경험해 보지 못한 방식으로 혼자임을 알았다"인 것으로 전해진다. 안타깝게도 그가 언제 혹은 어디에서 이 말을 했는지는 정확히 알려지지 않았다.

과학과 시의 결합을 좋아하는 사람에게는 파투마타 케베의 『원스 어폰 어 문』(슬랫킨 & 시, 2019)을 권한다.

8   거리에 대한 응답

내가 지구에서의 우주 여행 중에 발견한 가장 위대한 것 중 하나는 마리파 포포바가 운영하는 환상적인 웹사이트 themarginalian.org에 소개된 리베카 엘슨의 작품이었다. 포포바는 매년 과학과 자연계에 관한 시를 낭송하는 시의 밤인 '시로 보는 우주'를 개최한다. 포포바의 웹사이트 아카이브에는 이전 공연의 녹음본이 저장되어 있는데, 어느 날 나는 가수 레지나 스펙터가 엘슨의 「모든 것에 관한 이론들」을 낭독한 기록을 발견했다.

엘슨의 작품은 찾기가 어려운데, 내가 들은 시는 시집 『경외감에 대한 책임』(A Responsibility to Awe, 카커넷 프레스, 2001)에 수록되어 있다.

내가 이 장에서 인용한 어슐러 K. 르 귄의 말은 르 귄의 시집 『늦은 오후: 2010~2014년 시 모음』Late in the Day: Poems 2010-2014(PM프레스, 2015) 서문에서 발췌한 것이다.

"호기심도 결국은 정신의 일부니까요"라는 리베카 엘슨의 말도 그의 (유일한) 시집 『경외감에 대한 책임』에서 발췌했다.

달의 남극 여행에 관한 정보는 NASA 웹사이트 nasa.gov(브라이언 던바, 「NASA 착륙 지점에서 본 달의 남극」, 2019년 4월)에서 가져온 것이다.

달 궤도를 도는 영구 우주정거장에 관한 추가 정보는 ESA 웹사이트 esa.int에서 '달 마을'moon village을 검색하면 확인할 수 있다.

화성 채굴에 관심이 있는 사람에게는 웹사이트 ispace-inc.com 방문을 권한다.

존 카밧진을 인용한 문장은 그의 저서 『어디로 가든 당신은 그곳에 있다』Wherever You Go, There You Are(하셰트 북스, 2005)의 제목이다.

우주 조약에 관한 정보는 유엔 우주 사무국 웹사이트 unoosa.org에서 확인할 수 있다.

"존재가 알려지기를 기다리는 어떤 놀라운 것이 있는 어딘가"라는 인용구는 보통 칼 세이건이 한 말이라고 여겨지지만, 실제로는 기자 샤론 베글리가 1977년 8월 15일자 『뉴스위크』에 칼 세이건의 프로필을 작성하면서 쓴 것이다. 이 인용문의 출처에 관한 자세한 내용은 인용구 검증 웹사이트 quoteinvestigator.com/2013/03/18/incredible/에서 확인할 수 있다.

그리고 모두에게 달 마을 협회(moonvillageassociation.org)의 회원이 되라고 권하고 싶다.

9 달의 박물관

영국 예술가 루크 제람이 제작한 설치물 '달의 박물관'은 이 책을 집필하는 지금 이 순간에도 세계 각지를 돌며 전시되고 있다(코로나19 관련 제약으로 인해 일정이 변동될 수 있으므로 moon.org/tour-dates를 참고하도록 한다).

달에 장기적인 기반시설을 구축하는 일의 가치를 묻는 객관식 질문은 세계 우주 주간 협회World Space Week Association와 협력해 실시한 달 마을 협회의 2019년 달 탐사 관련 설문조사에서 발췌한 것이다. 가독성을 위해 표현은 일부 수정했다. 설문조사 결과는 달 마을 협회 웹사이트 moonvillageassociation.org/are-you-ready-for-the-moon-village-survey-results/에서 확인할 수 있다.

화성의 '운하'에 관한 기사는 다양한 신문 아카이브 자료에서 찾을 수 있지만, 포괄적인 논의를 살펴보고자 한다면 이러한 운하의 '발견자'인 천문학자 조반니 스키아파렐리(1835~1910)를 네덜란드어로 훌륭하게 소개하는 프랭크 베스테르만의 『우주 코미디』De kosmische komedie(퀴에리도 포스포르, 2021)를 권한다.

또한 독일 천체물리학자 하이노 팔케가 빛의 느림 그리고 과학과 종교의 접점을 설명하는 『어둠 속의 빛: 블랙홀, 우주, 그리고 우리』Light in the Darkness: Black Holes, the Universe, and Us(영어판은 2021년 하퍼원에서 출간)도 추천한다.

이 장에서 언급한 하이노 팔케와의 인터뷰(빌렘 쇼넌이 진행)는 2020년 10월 31일 네덜란드 신문 『트라우브』에 "세상에 블랙홀을 보여 준 천체 물리학자 하이노 팔케"라는 제목으로 실려 있다.

10 화성에서의 일몰

김렛 미디어의 팟캐스트 〈해비타트〉(2018)는 대부분의 팟캐스트 애플리케이션뿐만 아니라 웹사이트 gimletmedia.com을 통해서도 들을 수 있다.

멀리사 프로젝트의 뉴스레터 구독 신청은 웹사이트 melissa-foundation.org에서 할 수 있다.

화성 탐사에 이상적인 우주 비행사 수에 관한 연구는 ieee-xplore.ieee.org(장 마르크 살로티 외, 「승무원 규모가 화성 탐사의 설계와 위험, 비용에 미치는 영향」(2014 IEEE 항공우주 컨퍼런스, 2014년 6월 19일)에서 확인할 수 있다.

9/11 테러 공격 당시 지구에 있지 않았던 유일한 미국인인 NASA 우주 비행사 프랭크 컬버트슨이 자신의 경험을 소상히 털어놓는 동영상이 있다. Space.com에서 메건 개넌이 작성한 〈우주 비행사 프랭크 컬버트슨, 우주에서 9/11 테러를 지켜본 소감을 말하다〉(2017년 9월 11일)를 참고한다.

그리고 화성의 일몰에 중독되고 싶다면 mars.nasa.gov가 좋은 출발점이 될 것이다. 이 웹사이트에 들어가면 먼저 「인사이트, 화성의 일출과 일몰을 포착하다」(2019년 5월 1일)부터 읽어 보기를 권한다.

11 나를 내보내줘, 스피룰리나

도나 J. 해러웨이의 『종과 종이 만날 때』(미네소타대학교 출판부, 2007)는 종간 연결성에 대해 얼마간 진지한 통찰을 제시한다.

역사학자 로저 로니우스는 팟캐스트 〈해비타트〉의 보너스 에피소드인 '이것은 나의 첫 로데오가 아니다'(김렛 미디어, 2018)에서 우리는 늘 "지금으로부터 30년 후에" 화성에 갈 것이라고 말했다.

로버트 주브린이 집필한 책의 제목은 『우주산업혁명: 무한한 가능성의 시대』(프로메테우스 북스, 2019)다.

화성이 말라가는 모습을 보여 주는 애니메이션 중 하나는 내셔널 지오그래픽 유튜브 채널의 동영상 〈화성 101〉(2018년 5월 31일)에서 확인할 수 있다.

12 현재의 중요성은 점점 줄어들고 있다

지루해지지 않기 위해 느린 속도로 즐기는 여행에 대한 윌프레드 세시저의 생각은 그의 저서 『아라비안 샌즈』(롱맨스, 1959)에서 발췌한 것이다.

'현재의 중요성은 점점 줄어들고 있다'는 시인 루벤 판 고흐가 남긴 말이다. '위트레흐트 편지'에 부친 그의 문장(시의 첫 구절)은 이러하다. "당신은 언젠가는 과거를 직면해야 한다. 현재의 중요성은 점점 줄어들고 있다. 더 멀리 나아갈수록 좋다. 지금부터 하라." 그리고 이 다음부터 다른 시인들이 문장을 이어간다. 네덜란드어 원문은 이러하다. "Je zult ergens moeten beginne om het verleden een plaats te geven, het heden doet er steeds minder toe. Hoe verder je bent, hoe beter. Ga maar door nu."

제이컵 하크-미즈라의 기사는 그의 웹사이트 hazzmisra.net에서 확인할 수 있다. 그는 미래의 화성 윤리뿐만 아니라 외계 생명체에 대한 탐색, 다른 행성에서의 기후 변화 등 다양한 주제에 쉽게 접근할 수 있는 글을 쓴다. 내가 이 글을 쓰고 있는 시점을 기준으로 그의 저서 『자치 행성, 화성』(Sovereign Mars)이 캔자스대학교 출판부를 통해 출간될 예정이다. 무척 기대되는 책이다.

롱 나우 재단 웹사이트 longnow.org에는 1만 년 시계에 관한 정보가 꼼꼼하게 제시되어 있다. 시계 제작자 중에는 속도층 개념을 구체화한 스튜어트 브랜드도 있다. 내가 흥미롭다고 생각한 이 프로젝트에 관한 비평은 패리스 막스의 팟캐스트 〈기술은 우리를 구할 수 없다〉Tech Won't Save Us 중 에피소드 '스튜어트 브랜드의 진짜 유산'에서 확인할 수 있다.

재너 레빈의 인터뷰는 팀 페리스의 팟캐스트 〈더 팀 페리스 쇼〉The Tim Ferris Show 중 에피소드 '재너 레빈이 말하는 여분 차원extra dimensions, 시간 여행, 역경을 극복하는 방법'에서 확인할 수 있다. 이 팟캐스트는 (거의) 모든 팟캐스트 애플리케이션에서 이용 가능하다.

애니메이션 〈2억 5천만 년 후 지구의 모습은〉How Earth Will Look in 250 Million Years은 유튜브(테크 인사이더, 2017년 9월 25일 기준)에서 볼 수 있다.

시간 축소에 관심이 있는 모든 네덜란드어 구사자에게는 나의 절친 크리스티안 프루노와 그의 동료 에드윈 가드너가 설립한 소규모 싱크탱크 스튜디오 모닉Studio Monnik에서 발행하는 네덜란드어 뉴스레터를 구독할 것을 권한다. 이 '시간 비행사'chrononauts들은 매주 '롱 나우'에 관한 새로운 통찰을 제공한다.

13   손 뻗으면 닿을 듯한 그림자 세계

암스테르담의 역사적인 나무와 녹지 지도는 maps.amsterdam.nl/monumentaal_groen/에서 온라인상으로 확인할 수 있다.

전 세계 빛 공해 현황을 보여 주는 지도는 www.lightpollution-map.info에서 확인할 수 있다.

어둠 및 빛 공해에 관한 계획과 활동은 국제 어두운 밤하늘 협회International Dark-Sky Association의 웹사이트 darksky.org/light-pollution/에 잘 정리되어 있다. 이 웹사이트에서는 어두운 밤하늘 공원, 보호 지역, 보호 구역의 공식 목록도 확인할 수 있다.

라이너 마리아 릴케의 말은 로버트 블라이가 영어로 번역한 『라이너 마리아 릴케 시 선집』Selected Poems of Rainer Maria Rilke 중 「어둠, 내가 태어난 곳」에서 발췌했다.

14   드윙글루 은하

슈테판 클라인의 『무한의 가장자리: 우주의 아름다움과의 조우』On the Edge of Infinity: Encounters with the Beauty of the Universe(카셀 일러스트레이티드, 2018)는 우주론적 인식에 관한 훌륭한 입문서다. 글이 좋고, 이해가 쉬우며, 기대를 뛰어넘는 놀라운 사실들로 가득 차 있다.

아스트론으로 가는 길에 택시 운전사가 언급한 프로그램 〈고대의 외계인들〉은 프로메테우스 엔터테인먼트(2010)에서 제작한 미국 텔레비전 시리즈로, 인간과 외계 문명 사이에 접촉이 있었다는 전제하에 인류의 역사를 살펴본다. 이 시리즈의 발췌본은 유튜브에서 확인할 수 있다.

피아노와 Y Cam A를 위한 듀엣은 부락 울라가 작곡했으며 『뉴 사이언티스트』 웹사이트에서 들을 수 있다. 조슈아 소콜이 작성한 기사는 "피아노와 맥동하는 별을 위해 작곡된 세계 최초의 듀엣을 들어봅시다"(2015년 4월 12일)이다.

아이리스 판 데르 엔데의 '스텔라 사운드 쇼'Stellar Sound Show는 그의 웹사이트 irisvanderende.nl에서 확인할 수 있다.

과학 저널리스트 호베르트 실링은 『뉴 사이언티스트』 네덜란드 판에 초거대 망원경에 관한 훌륭한 기사 〈별의 천국 아타카마에 오신 것을 환영합니다〉(2016년 11월 16일)를 기고했다.

간결성을 위해 이 장에서는 키옵스(CHEOPS)의 뒤를 잇는 ESA 프로그램인 아리엘을 언급하지 않았다. 아리엘에 관한 자세한 정보는 sci.esa.int/web/ariel에서 확인할 수 있다.

예술가들이 외계 행성으로부터 받은 인상을 표현한 작품을 찾아보기를 권한다. 각각의 이미지들은 화성의 일몰처럼 이질적인 느낌을 자아낸다. 샤이엔 맥도널드는 『데일리 메일』에 기고한 기사에서 그러한 인상이 형성되는 방식을 설명한다. "외계 세계의 예술: NASA, 예술가들이 외계 행성으로부터 받은 인상을 표현하는 방식을 밝히다"(2017년 6월 8일).

이 장에서는 외계 헵타포드가 인류를 위한 메시지를 가지고 지구에 온다는 내용의 영화 〈컨택트〉(드니 빌뇌브 연출)를 짧게 언급한다. 이 영화에 대해 더 자세히 쓰고 싶었지만 본문의 다른 내용과 잘 어우러지도록 녹여낼 방법을 찾을 수 없었다. 그렇지만 마음씨 따뜻한 헵타포드들은 분명 다음 기회에 내 책에 다시 등장할 테니 걱정은 접어 두어도 괜찮을 것이다. 나는 아직 이 영화를 보지 않은 사람들이 부럽다. 2016년에 개봉한 영화 〈컨택트〉는 테드 창의 『당신 인생의 이야기』(토르 북스, 2002)에 실린 단편소설 「당신 인생의 이야기」(1998)에 바탕을 두고 있다. 영화 음악 작곡은 막스 리히터가 맡았는

데, 이 책을 집필하는 동안 나는 그중 〈일광의 본질〉이라는 곡을 계속 들었다.

클레어 웹이 메사추세츠 공과대학에서 작성한 박사 학위 논문은 「지각의 기술: 지구 너머의 생명과 지성을 찾아서」Technologies of Perception: Searches for Life and Intelligence beyond Earth다. dspace.mit.edu/handle/1721.1/129021에서 확인할 수 있다.

고릴라가 지나가는 동안 여러 사람이 농구공을 서로 주고받는 동영상은 우리가 수도 없이 봤다고 생각하지만 사실 보지 못하는 모든 것에 관한 토론을 늘 유쾌한 방식으로 시작할 수 있게 해 준다. 이 영상은 theinvisiblegorilla.com에서 시청할 수 있으며, 여기에서 이 실험과 실험의 연구자인 크리스토퍼 채브리스, 대니얼 사이먼스에 대한 자세한 내용도 확인할 수 있다.

15   아무 데도 없고, 어딘가에 있고, 모든 곳에 있는

폴란드의 돔에 관한 정보는 웹사이트 lunares.space에서 확인할 수 있다.

내가 암스테르담 아르티스 천문관의 상주 천문학자 밀로 흐로트옌과 제작한 팟캐스트는 〈데 코리스판던트〉(네덜란드어로만 제공)의 에피소드 '상주 천문학자님, 오늘 밤 달에서는 무엇이 보일까요'(2020년 4월 7일)에서 들을 수 있다. 가능하다면 달을 보면서 팟캐스트를 듣기를 추천한다. 밀로는 우주에 관한 훌륭한 강좌도 제공한다. 더 많은 정보는 아르티스 웹사이트 artis.nl에서 얻을 수 있다.

골든 레코드에 수록된 모든 곡은 웹사이트 voyager.jpl.nasa.gov에서 확인할 수 있다. 쿠르트 발트하임의 감동적인 연설은 유튜브 〈보이저 인터스텔라 기록 — 1월 31일 유엔 사무총장 쿠르트 발트하임의 인사말〉(2011년 10월 1일 게시)에 게시되어 있다.

'운이 좋으면 배우게 될 것'이라는 발트하임의 말은 베키 챔버스 (호더 & 스토턴, 2019)의 책 제목이 되었다. 이 책에서 챔버스는 식민지 개척이 아닌 연구를 통해 인류 전체가 비용을 부담하고 지원하는 미래 우주 여행에 대해 급진적이고도 새로운 안을 제시한다.

뮤리얼 루카이저의 말은 시집 『뮤리얼 루카이저 시 선집』The Collected Poems of Muriel Rukeyser(맥그로힐, 1978)에 실린 「어둠의 속도」에서 발췌한 것이다. 시 전문은 시 재단 웹사이트 poetryfoundation. org에서 읽을 수 있다.

16　새롭지만 오래된 세계

루시안느 발코비치와의 인터뷰는 내셔널 지오그래픽 웹사이트에 게시된 나디아 드레이크의 「우리는 우주 탐사에 대해 이야기하는 방식을 바꿔야 한다」(2018년 11월 9일)를 통해 확인할 수 있다.

1963년부터 1969년까지 미국 대통령을 역임한 린든 베인스 존슨은 미국과 소련 연방의 우주 경쟁을 주도한 인물이다. 후에 베트남 전쟁에서 막대한 비용이 발생하자 존슨은 이 우주 경쟁을 보류해야 했다. 존슨과 그가 항공우주 산업에 미친 영향에 관한 자세한 내용은 『더 스페이스 리뷰』에 실린 앨런 와서의 「LBJ의 우주 경쟁: 그때는 몰랐던 것(1부)」(2005년 6월 20일)에서 확인할 수 있다.

알렉산더 C. T. 게퍼트의 『우주 공간 상상하기: 20세기 유럽 우주문화』Imagining Outer Space: European Astroculture in the Twentieth Century(팔그레이브 맥밀런, 2018)는 우주 여행을 기술적 또는 과학적 관점이 아니라 문화적이고 인류학적인 관점에서 바라보는 보기 드문 책이다. 이 책이 지닌 또 다른 독특한 측면은 전통적으로 미국 우주 프로그램에 뒤처졌던 유럽 항공우주만 집중적으로 다룬다는 점이다.

2020년 봄, 나는 저명한 우주생물학자 찰스 코켈을 만나기 위해 스코틀랜드를 방문할 생각이었지만 코로나19로 인해 그 계획을 접어야 했다. 그의 팬으로서 언젠가는 꼭 직접 만나고 싶다. 내 생각에 그가 진행한 최고의 프로젝트는 스코틀랜드 교도소에 수감된 수감자들을 초대해 화성 정착에 대해 생각해 보게 한 '교도소에서 화성으로'다. 프로젝트 결과는 『너머의 삶: 교도소에서 화성으로』(영국 행성 간 학회, 2018)라는 감동적인 책에 정리되어 있다. 지구에 수감된 수감자들은 다른 행성에서의 미래를 꿈꾸었다.

17　우주에서는 서두를 필요가 없다

라이트 형제에 관한 인용문은 두 형제 중 윌버의 말일 수도 있고 오빌의 말일 수도 있지만 보통 윌버가 한 말로 간주된다. 해당 인용문의 전문은 이러하다. "하늘을 날고 싶다는 욕망은 온몸이 녹초가 되도록 전인미답의 땅을 가로질러 이동하면서 자유롭게 우주로 치솟아 오르는 새들을 부러움의 눈길로 바라본 선사시대 선조들에게서 물려받은 하나의 관념이다."

UFO 목격에 관한 미 국방부의 조사를 다룬 랄프 블루멘탈과 레슬리 킨의 기사 "미 국방부 U.F.O. 조사단, 더는 그림자에 숨지 않고 조사 결과의 일부 내용 공개하다"(2020년 7월 23일)는 『뉴욕타임스』 웹사이트에서 확인할 수 있다.

다이애나 월시 파술카는 당시 〈복스 컨버세이션〉Vox Conversations의 부속 프로그램이었던 에즈라 클라인의 팟캐스트 〈에즈라 클라인 쇼〉The Ezra Klein Show에서 UFO에 관한 인터뷰에 응했다. 해당 에피소드 제목은 'UFO에 관한 진지한 대담'(2019)이다. 파술카가 집필한 책의 공식 제목은 『미국적 우주: UFO, 종교, 기술』American Cosmic: UFOs, Religion, Technology(옥스퍼드대학교 출판부, 2019)이다.

칼 세이건은 많은 사람이 적극 추천하는 다큐멘터리 시리즈 〈코스모스: 사적인 항해〉(칼 세이건 프로덕션과 KCET 제작, 1980년 PBS에서 방영)에서 "어떤 인간이 당신 의견에 동의하지 않는다면 그냥 놔두세요. 천억 개의 은하계에서 다른 은하계는 찾을 수 없을 테니까요"라고 말했다. 현재는 천체물리학자 닐 디그래스 타이슨이 출연한 리메이크 버전(〈코스모스: 시공간 오디세이〉, 폭스 및 내셔널 지오그래픽 채널에서 방영, 2014)을 시청할 수 있다.

그리고 〈존의 컨택트〉(매튜 킬립, 2020)라는 짧은 다큐멘터리도 놓치지 않기를 바란다. (내가 이 글을 쓰는 시점을 기준으로) 아직 넷플릭스에서 시청할 수 있다.

18 불침번

존 버저의 말은 그의 책 『그리고 사진처럼 덧없는 우리들의 얼굴, 내 가슴』(판테온 북스, 1984)에서 확인할 수 있다.

우리가 블리헨보스에서 본 땅반딧불이는 유럽에서 흔히 볼 수 있는 람피리스 녹틸루카Lampyris noctiluca였다. 보통 9월 이후에는 동면에 들어가기 때문에 10월에 목격한 것은 이례적인 일이었다. 땅반딧불이는 사실 반딧불이가 아니라 항상 여러 이명으로 불린 딱정벌레다. 이 생명체에 관한 자세한 정보를 얻고 싶다면 각자가 평소에 즐겨 찾는 자연 관련 웹사이트를 참고하도록 한다.

노르트에서의 불침번 활동은 순조롭게 진행되고 있다. 기쁘게도 나자트 카두르가 이 프로젝트에 참여하기로 했고, 이 책이 인쇄될 즈음에는 야간 산책이 이미 시작되었을 것이다. 야간 산책에 관심이 있다면 나의 개인 웹사이트 marjolijnvanheemstra.nl에서 신청하거나 인스타그램을 팔로우하면 된다. 여기에서 불침번에 관한 모든 소식과 행사, 공지 사항을 공유하고 있다.

2018년 3월부터 2020년 5월까지 나는 『데 코리스판던트』 플랫폼에 우주와 우주 여행에 관한 글을 정기적으로 게재했다. 이 책에 실린 정보 중 일부는 해당 매체에 다양한 형태로 실려 있다. 내가 『데 코리스판던트』에 게재한 모든 글은 decorrespondent.nl/marjolijnvanheemstra에서 확인할 수 있다.

찾아보기

ㄱ

갈망 18, 63, 73, 98~99, 187

경외감 32, 49, 51, 56, 73, 75, 78, 93, 99, 200, 202, 222

경외감에 대한 책임 93, 103, 210

골든 레코드 180~182

공룡 33, 69, 78, 154, 193

광년 16, 121, 163~164, 170, 213~214

국제우주정거장 23, 29, 122

글렌 알브레히트 14

기후 변화 14, 20, 75

『길 잃기 안내서』(솔닛) 202

ㄴ

나자트 카두르 215~220, 223~224, 226

『너머의 삶: 교도소에서 화성으로』(코켈) 193~194

냉전 96

네덜란드 생태연구소 59

닐 암스트롱 86~87

ㄷ

다이애나 월시 파술카 206~207

단절 66, 70, 113~114, 155

달 마을 협회 99~101

『달을 따다 줄게』 77

'달의 박물관' 107~108

더글러스 애덤스 64

데이비드 포스터 월리스 34~35, 49, 185

도나 J. 해러웨이 131~132,

도플러 분광법 166

동기화 88

『두 행성』 176

드윙글루 1호, 2호 175

〈디스 아메리칸 라이프〉 39

땅반딧불이 220, 224

ㄹ

라이너 마리아 릴케 160

라파엘 아로사레나 224

로버트 주브린 137, 139

로저 로니우스 136

로제타(탐사선) 23~24

로파(저주파 배열) 167, 171~172

로프 판 덴 베르흐 17, 25~27

롱 나우 재단 148~149, 151

롱 나우의 시계 148, 150~151

루시안 82

루시안느 발코비치 197

룬아레스 183

리베카 솔닛 202, 228~229

리베카 엘슨 91~93, 103, 210

리처드 버크민스터 풀러 26, 185

리처드 브랜슨 196~197

린든 B. 존슨 197

ㅁ

마이클 콜린스 87

매기 애더린 포콕 80~83

멀리사(미생물 생태학적 생명 유지 시스템 대안) 120~121, 128~134

메이 제미슨 201

멸종 19~20, 33, 69, 151, 193

『무한의 가장자리』(클라인) 163

물타툴리 101

뮤리얼 루카이저 194

『미국적 우주』(파술카) 207

미확인 비행 물체UFO 206~207

미확인 비행 현상UAP 207

밀로 고트옌 109

ㅂ

발렌티나 테레슈코바 205

『밤』(알바레즈) 63

〈밤의 하늘〉 80

밥 버먼 51, 67

버즈 올드린 87

별자리 52, 54, 70, 218~219

보이저 181

분열 10~11, 15, 18, 20, 39, 42, 44, 47, 205~206

불침번 215~216, 223~224

브라이언 콕스 22

브뤼노 라투르 38, 41

블라인드 윌리 존슨 182

빅뱅 16, 74, 152, 184~185

빌 앤더스 39

빌 판 덴 베르켄 73~76, 89, 101

빌렘 블리헨 157~158

빛 공해 55~56, 58~60, 62

ㅅ

상호 연결성 29

생태학적 슬픔 13~14

세대 간 기억상실 54, 56, 99, 224

솔라스텔지어 14~15

슈테판 클라인 163

스코틀랜드 교도소 193~194, 198

스페이스X 196

스푸트니크 112

스피룰리나 128~131, 136

식민지적 사고방식 144, 151

심우주 120~121, 133~134, 139, 170, 213

심층적인 이타주의 144~145, 202

쌍둥이 행성 164, 170~171, 173 ~174

ㅇ

아나히타 네자미 42~49, 78, 101

아누셰흐 안사리 29

『아라비안 샌즈』(세시저) 143

아리안 로켓 98

아스트론(네덜란드 전파 천문학 연구소) 163, 165, 167, 169, 177

아이올로스 위성 80

아이리스 판 데르 엔데 168

아이스페이스 94

아폴로 11호 87, 95

아폴로 8호 39

안드레 카위퍼르스 23, 185

알 알바레즈 63

알프 176

어둠에 대한 공포 63

어슐러 K. 르 귄 91

에드거 미첼 29

에밀리 디킨슨 85

〈에일리언〉 176

엔데버 201

여섯 번째 멸종 151

오로라(극광) 45, 172, 202

오빌 라이트 205

왕정의 86

외계 생명체 136, 166, 175~

179, 183, 207, 213

외계 행성 22, 163, 166~174, 176~177, 180, 222

외기 82

요하네스 케플러 82~83, 174

우보 오켈스 27

우주 경쟁 30~31, 96

우주 관광 199

『우주산업혁명』(주브린) 137

우주 쓰레기 96, 98, 222

우주 윤리 146, 202

『우주 전쟁』(웰스) 176

우주 조약 96~97

우주 중심적 윤리 195

우주공포증 187~188

우주론적 인식 73~74, 76, 81, 89, 121, 139~140, 194, 208

우주적 공감 88

윌러스 J. 니콜스 37

위트레흐트 문자 프로젝트 141 ~145, 148

윌프레드 패트릭 세시저 143

유대 신화 18, 55, 142

유럽 우주 기술 센터(ESTEC) 33

유럽 우주국(ESA) 17, 23, 33, 120

『은하수를 여행하는 히치하이커를 위한 안내서』(애덤스) 64

'이것은 물이다'(월리스) 34

이그나스 스넬렌 173

이글 205

『인간의 조건』(아렌트) 112

인사이트 탐사선 125

일론 머스크 196~197, 201

일주기 리듬 61

『잃어버린 밤을 찾아서』(보가드) 51, 65

ㅈ

장기적 사고 144, 148, 150~151

재너 레빈 152

재야생화 162

전 세계적인 소외 43

제미니 망원경 80

제이컵 하크-미즈라 145, 151, 202

제프 베이조스 150~151, 196~197

젠트리피케이션 47, 114

조망 효과 30~31, 35, 37, 39, 43~44, 48~49, 78, 161, 200~201, 210

조반니 스키아파렐리 110

존 버저 219

존 셰퍼드   213~214

존 카밧진   95

〈존의 컨택트〉   213

『종과 종이 만날 때』(해러웨이)
   131

주세페 레이발디   100, 105

지각판   153

지구 활동가   25

짐 로벨   39

ㅊ

찰스 S. 코켈   193~197

초거대 망원경   183

ㅋ

카미엘 스포엘스트라   57, 59

칼 세이건   99, 182, 209

코로나19   169, 183, 190, 192,
   198, 205

콜드 트랩   87

쿠르드 라스비츠   176

크루 드래건   196, 200~201

클레어 웹   177

키옵스CHEOPS   174

ㅌ

태머타 스코브   72~73

테드 창   176

테라포밍   137~139

테스TESS   174

토르 비외른비그   201

트레이시 K. 스미스   16

티에리 코헨   68

ㅍ

파투마타 케베   88

팰컨   205

페가수스자리 51   166

페르난두 페소아   15

포시도니우스   88

폴 보가드   51, 65, 147

푸른 마음   37

프란세스크 고디아 카사블랑카
   스   128~134

프란스 폰 데르 뒨크   96~97

프랭크 보먼   39

프랭크 화이트   30~31, 43~44

프레드 하이옌   217

프록시마 켄타우리   164, 180

플라토   174

ㅎ

하리시 베단탐 169~175, 177

하이노 팔케 111

한나 아렌트 112

⟨해비타트⟩ 118, 122, 136

허블 망원경 15~16, 20, 91~92

허블 울트라 딥 필드 15~17, 19
~22, 91, 185, 222

혜성 23~24, 72

호베르트 데릭스 70

화성 72, 94, 110~111, 118~
122, 124~125, 128~130, 132,
135~139, 144~147, 151, 170,
180, 193, 195, 197~198, 210,
213

획기적인 듣기 177

후기 미행성 대충돌기 82

기타

24시간 경제 61

67P/추류모프-게라시멘코 23~
24

GD 358 168

H. G. 웰스 176

추천사

"정치, 기후, 인류가 직면한 실존적 위기 등 전 세계가 불안의 소용돌이에 휩싸여 있는 상황에서 『우주에서는 서두를 필요가 없다』를 읽는 경험은 마치 연고를 바르는 것과 같았다. … 이 책은 거리두기를 시적으로 탐구한다."

— 레이철 컨리프, 『뉴 스테이츠먼트』

"매력적이고 도전적인 책 … 한밤중에 이웃들과 공원에 모여 도시의 광휘를 뛰어넘는 우주적 연결감을 느끼는 판 헤임스트라의 온화한 행동주의가 이 책 전반에 인간적인 색채를 덧댄다."

— 팻 케인, 『뉴 사이언티스트』

"별에 매료된 채 우리를 둘러싼 거대한 우주를 향해 던지는 질문은 겸허함과 경외감을 동시에 선사할 것이다."

— 캐서린 메이, 『뉴욕타임스』 베스트셀러 『우리의 인생이 겨울을 지날 때』와 『인챈트먼트』 저자

"위태로운 시대에 삶의 신호를 찾아 헤매는 사랑스럽고도 시적인 책이다. 판 헤임스트라는 점점 더 혼돈으로 치닫는 세상에서 서로 연결되는 일의 고난과 기쁨을 우아하게 조명한다."

— 제니 오필, 『날씨』와 『사색의 부서』 저자

"아름답고 깊은 사색이 담긴 책 … 『우주에서는 서두를 필요가 없다』는 우주 과학과 인간 정신을 놀라운 방식으로 연결한다."

— 앨런 라이트먼, 『모든 것의 시작과 끝에 대한 사색』 저자

"유익하고, 생각을 자극하며, 영감을 불어 넣는다. … 이 책은 친절한 태도로 살아가고, 상호 연결성을 추구하고, 우리가 운 좋게 만난 이 세상의 경이를 사랑하고 보호해야 한다는 믿음에 다시 불을 지필 것이다."

— 폴 보가드, 『잃어버린 밤을 찾아서』 저자

"마욜린 판 헤임스트라의 빛나는 지성은 차갑고 어두운 우주를 따뜻하고 밝은 장소로 느끼게 한다. 그는 우주의 공허함에 관한 책을 인류를 향한 충만한 마음으로 채운다."

— 마르시아 비오르네루드, 『타임풀니스』 저자

"짧지만 패러다임을 뒤바꾸는 이 책은 감정에 강하게 호소하는 일화들과 우주 과학 분야의 선도적인 사상가들과의 인터뷰로 독자를 이끈다. … 우리에게 지구를 넘어서는 새로운 관점을 보여 주는 매력적인 책이다."

— 『커커스 리뷰』

"근사하다 … 판 헤임스트라의 호기심과 탐구 정신, 시적인 산문이 독자를 매료시킨다. 리베카 솔닛의 팬이라면 놓치지 마시라."

— 『퍼블리셔스 위클리』